송가네 공부법 수업 몰입

송가네 공부법

수업몰입

송하성 · 전도근 공저

BOOK STAR

수업만 집중하면 학원이나 과외를 받지 않아도 될 일을
수업에 집중하지 않기 때문에 사교육을 받아
부족한 것을 충족시켜야 한다.

공부의 다른 말인 학습(學習)의 의미를 풀어보면, 학습이란 곧 '배우고 익히는 것'을 뜻한다. 공부는 '배우는 것'에서 시작되어 '익히는 것'에서 끝나는 것이다. 따라서 수업을 잘 들어서 익히는 것이 공부의 핵심인 것이다.

우리나라 학생이라면 누구나 학교에서 절대적으로 많은 시간을 보낸다. 대학에 수석으로 입학한 학생들이나 공부를 잘하는 학생들과의 인터뷰를 보면 한결같이 수업에 충실했다고 한다. 그래서 모든 학생들이 수업에 대한 중요성은 충분히 알고 있다.

그런데 대다수의 학생들이 수업의 중요성에는 선뜻 동의하면서도 정작 수업에서는 온갖 잡념과 공상, 수면 부족으로 인한 졸음, 수업 준비 부실 등으로 수업에 적절히 대응하지 못하고 있다. 선생님의 강의에 대한 불만과 학원에서 선행학습을 통해 이미 진도로 나가는 내용을 배웠다는 '착각과 오만' 도 학교 수업을 외면하게 만들고 있다. 그래서 부족한 수업 내용을 보충하기 위하여 학원을 다니고 부교재를 사서 별도의 시간을 내서 공부를 한다. 수업을 가볍게 여기고 공부를 잘하기는 정말 어렵다. 수업에 집중하지 않고 학원에만 의존하는 학생은 수업을 중요하게 여기는 학생을 따라잡으려면 몇 배의 노력이 더 요구된다.

실제로 해야 할 공부는 많지만 시간이 부족할 때, 자녀가 시간을 최대한 활용하여 효율적으로 공부를 하여도 성적이 오르지 않을 때, 다른 자녀만큼 공부에 노력하는데도 성과가 없을 때, 부모는 자녀의 수업 듣기 태도에 대해 점검해 볼 필요가 있다.

수업은 선생님의 교과 내용에 대한 설명이나 지식을 듣기 위해 앉아 있는 시간이 아니다. 모르는 것이 무엇인지 파악하고, 그 내용을 내 것으로 만드는 시간이다. 일반적으로 수업의 효과를 높이기 위해서는 선생님이 말씀하시는 내용을 그 자리에서 이해하고 암기해서 모두 자신의 것으로 만드는 것이 수업을 듣는 최상의 방법이다. 그러나 학생들이 수업 시간에 충실하지 않는 이유에는 학원 다니느라 피곤해서, 잠이 와서, 선생님이 실력이 없는 것 같아서, 학원에서 이미 배운 내용이라서 등등이다. 이유가 무엇이든지 학교 수업을 듣지 않는 것은 정말 좋지 않은 습관이다.

왜냐하면 선생님의 수업은 새로운 교과 내용을 전달하기도 하지만, 내신 성적에 큰 영향을 미치는 시험 문제를 찍어주거나 힌트를 주기 때문에 수업을 제대로 듣지 않고서는 좋은 성적을 얻기가 어렵기 때문이다. 결국, 수업을 듣지 않는다는 것은 잘못된 공부 방법이다.

설령 수업이 재미없거나 배울 것이 없다고 생각해서 수업 중에 다른 공부를 몰래 하더라도 선생님의 눈치를 보면서 해야 하기 때문에 공부의 효율성과 효과성을 얻기는 쉽지 않다.

대부분의 중·고교생들은 하루 8시간 이상 수업을 받는다. 학년이 올라갈수록 공부할 내용이 어렵고 복잡해지면서 수업 시간도 점점 길어진다. 학생들이 배우는 데 급급하다 보면 수업 내용을 자기 것으로 소화하는 데 필요한 시간을 확보하지 못하는 경우가 많다. 따라서 공부를 잘하는 학생일수록 시간관리도 잘한다. 상급 학교로 갈수록 시간에 쫓겨서 살게 되는데, 수업에 집중하지 않으면 수업 시간에 부족한 것을 채우기 위해서는 새로운 시간을 투자해서 학원이나 과외를 받아야 한다.

더욱이 수업은 문제를 출제하는 선생님께서 문제를 찍어 주기도 하고, 수업 태도를 반영하기 때문에 내신성적에 중요한 영향을 준다. 따라서 수업만 잘 듣는다면 시험도 잘 볼 수 있지만 평소 성적이나 수행평가에서도 좋은 결과를 가져올 수 있다. 결국, 수업을 제대로 듣지 않는 학생들은 좋은 성적을 받기 어렵다. 그리고 수업만 집중하면 학원이나 과외를 받지 않아도 될 일을 수업에 집중하지 않기 때문에 사교육을 받아 부족한 것을 충족시켜야 한다. 이러한 공부는 비효율적으로 시간을 관리하게 될 뿐만 아니라 사교육비를 증가시키는 매우 비효율적인 공부 방법이다.

이 책은 수업에 집중하여 사교육을 줄여보자는 의도에서 공부를 잘하는 학생들의 수업 집중과 몰입 방법에 대하여 사례를 분석하여 만들어 졌다. 따라서 이 책은 학생들이 수업에 집중하는 방법을 배우고, 나아가서 사교육을 받지 않아서 행복한 학생들을 만드는 것을 목표로 하고 있다.

이 책에서는 학생들이 대부분을 학교에서 수업을 듣는데,

이 수업을 어떻게 하면 효과적으로 들을 수 있을까에 대한
노하우를 제공하고자 한다. 따라서 이 책을 읽은 모든 학생
들이 수업에 집중하게 되어 따로 사교육을 받지 않고도 원하
는 학습 목표에 도달할 수 있기를 간절히 바란다.

2011년 가을
저자 일동

C O N T E N T S

목차

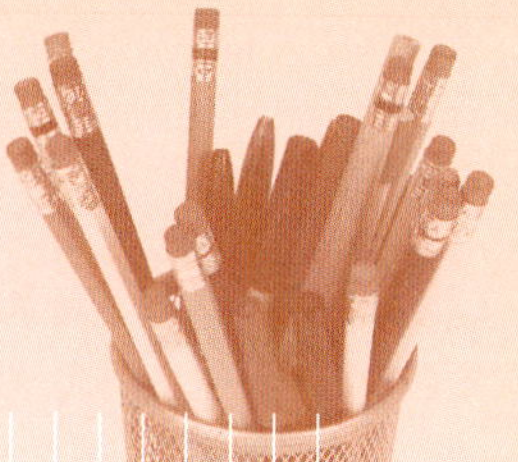

CONTENTS

06 수업 집중을 즐겁게 하는 암기 전략 ………… 239

01

수업이 공부의
시작이다

　공부를 잘하는 공신이나 수능 만점자들이 신문이나 방송에 나와서 인터뷰한 내용을 정리해보면 그들은 잠을 잘 만큼 자고, 학원도 다니지 않았다고 한다. 그들에게 공부하는데 가장 중요한 것이 무엇이냐고 물었더니 전원이 "학교 수업이 매우 중요하다."라고 말했다. 수업 시간에 가장 중요한 것은 무엇인가를 물었더니 "수업 시간엔 무엇보다 집중력이 가장 중요하다."라고 말하였다.

　결국, 수업에 집중한다면 공부를 잘하는 학생들처럼 학원을 다니지 않아도 되고, 잠도 많이 자도 된다는 것을 의미한다. 그러면서도 수석도 하고 공부도 잘할 수 있게 되었다고 한다.

　그만큼 수업에 충실하는 것은 중요하다. 여러분들도 지금 받고 있는 수업을 최대한 집중해서 듣는다면 원하는 목표에 도달할 수 있게 될 것이다. 수업에 집중한다는 것은 그만큼 수업에 적극적이고 능동적으로 임했다는 것을 의미한다. 그것이 공부의 전부이고, 공부의 진실이다.

　수업에 집중하여 모든 것을 완벽하게 이해할 수 있다면 결국 학원 수업도 필요 없어지게 되고, 더는 사교육비 부담도 줄어들게 될 것이다. 따라서 수업에 집중하는 방법을 터득해야 한다. 모름지기 공부의 시작이자 중심은 학교 수업이어야 한다.

K군은 서울의 명문 고등학교 2학년에 재학 중이다. 그는 앞으로 서울대 경영학과 진학을 목표로 공부하고 있다. K군은 전교 1, 2등을 하며 공부는 물론 다방면으로 뛰어난 실력을 인정받고 있다. 그러나 K군은 고등학교에서 처음부터 1, 2등을 했던 것은 아니다.

중학교 2학년 때까지만 해도 소위 머리가 좋아 영재라는 소리를 들었기 때문에 선생님들의 수업이 너무 쉬워서 수업 시간에 나름대로 자기주도학습을 하였다. 중학교에서는 특별히 시험공부를 하지 않아도 전교 10등을 놓치지 않았다. 고등학교에 진학하고 나서도 같은 공부 방법으로 수업에 집중하지 않고 시험을 보았더니 1학년 중간고사에서 놀랍게도 전교 40등에도 들지 못했다.

K군은 매우 큰 충격에 빠졌다. 자신의 공부 방법에 무엇이

잘못되었는가를 분석해 본 결과 수업에 집중하지 않아서 그런 결과가 나왔다고 결론지을 수 있었다. K군은 중학교 때까지는 머리로 시험을 볼 수 있었지만, 고등학교에 진학하고 나서 배우는 과목도 배로 증가하고 난이도가 높아졌음에도 불구하고 수업을 무시하다 보니 자연적으로 놓치는 것이 생겼던 것이다.

K군은 자신이 수업에 충실하지 않는다면 앞으로도 똑같은 결과가 나올 것이라고 깨닫고, 중간고사 결과 발표 이후부터 무서울 정도로 수업에 집중했다. 기존에 자율적으로 하던 공부는 집에서 하거나 주말에 몰아서 하였다. 학교에서는 오직 수업에만 집중하여 선생님의 강의 내용을 하나도 놓치지 않겠다는 각오로 수업에 몰입하였다.

K군은 수업을 듣다 보니 선생님들이 수업 중간마다 시험 문제를 알려주고, 중요한 것을 정리해주는 것을 보면서 자기가 수업에 집중하지 않은 공부 습관에 대해서 후회하였다. 그래서 K군은 선생님의 시험 문제에 대한 암시나 예고하는 것들을 하나도 빠짐없이 노트에 필기하여 기말고사 때 교과서와 노트를 중심으로 공부하였다. 수업에 집중하면서 시험 공부를 병행하다 보니 이전처럼 수업에 집중하지 않고 하던 시험공부보다 공부 시간이 단축되었다. 그뿐만 아니라 기말고사 때는 전교 10등 안에 들 수 있었다.

　K군은 이제 공부 방법을 정확히 깨달아 1학년 2학기 때부터는 수업이 시작되기 전에 미리 예습과 수업 계획을 작성해서 수업과 비교하면서 더욱 수업에 몰입하였다. 그러자 2학기에서는 성적이 더 올라 전교 5등 안에 들게 되었다.

　K군이 성적을 올린 비결은 벼락치기 하던 잘못된 습관부터 고쳐 수업 계획을 세워 체계적으로 공부하면서 충분한 복습과 예습을 했기 때문이라고 한다. 또한, 수업 시간에 집중하기 위하여 선생님이 말씀하시면 혼자서 속으로 대답하거나 질문을 떠올리는 방법으로 수업 시간을 따라갔다고 한다.

수업이란?

　수업이란 교사가 학생에게 지식이나 기능을 가르쳐 주는 것을 말한다. 자세히 설명하면 수업은 국가에서 정한 교육 과정을 학습 목표에 도달하도록 가르치는 것을 말한다. 다른 말로는 교수 행위나 학습 지도라고도 한다.

　수업은 의도적으로 학습 목표에 도달하려는 목적성을 가지고 계획된 것이라고 할 수 있다. 좋은 수업은 교육 과정에 적합한 것이어야 하며, 학생들로부터 학습이 일어나도록 해야 한다. 따라서 좋은 수업은 지식을 전달하는 것으로 끝나서는 안 되고, 학생들이 배운 것을 익힐 수 있어야 한다. 그러나 이러한 결과는 교사의 개별적인 능력에 따라 차이가 있으며, 수업 방법에 따라서 다른 결과를 나타낸다.

　수업에서 이루어지는 활동으로는 듣기·상상·문답·시청·토의·독서·작문·관찰·실험·실습·시범·연극·구성·사육 재배 등 여러 가지가 있다. 전에는 주입적인 수업법 등이 주가 되었으나 최근에는 학생이 능동적으로 활동하는 학습 활동이 존중되고 있으며, 인터넷·프로젝션·텔레비전·VTR 등에 의한 시청각교육도 점차 비중이 높아지고 있다.

수업 방법이라고 하는 것은 일방적으로 지식을 전달하는 수업식 교수법, 상호 작용을 중요시하는 토의식 교수법, 여러 조로 나누어 공동으로 과제를 해결하는 협동학습, 문제를 해결해가는 문제중심학습, 가치에 대한 생각을 나누는 논쟁학습, 주인공이 되어 역할을 하는 역할학습 등이 있다. 이러한 수업 방법들은 개별적으로 사용하기도 하지만 혼용해서 적용하기도 한다. 이러한 수업 방법은 어떤 것이 가장 좋다고 할 수는 없고 과목에 따라 내용에 따라 결과가 달리 나타난다.

그뿐만 아니라 수업은 어느 한 주체가 일방적으로 진행하는 것이 아니라 가르치는 교사와 배우는 학생 간의 상호 작용을 통하여 학습 목표에 도달해야 한다. 교사가 아무리 잘 가르친다고 해도 받아들이는 학생들이 수업을 제대로 듣지 않는다면 의미 없는 수업이 되고, 교사가 잘 가르치지 못해도 학생들이 학습 능력이 뛰어나면 좋은 결과를 가져오기도 한다. 따라서 수업은 교사도 잘 가르쳐야 하지만, 학생들도 잘 받아들여져야 좋은 수업이 된다.

현재 초·중·고등학교에서의 수업은 교사 1인에 의하여 여러 명의 학생들을 대상으로 이루어지고 있다. 옛날에는 교사와 학생이 1:1로 행하는 개별 수업이 많았지만, 교육의 대중화로 인하여 학년제에 의한 학급 집단 조직이 출현하였다. 이처럼 한 명의 교사가 여러 명의 학생에게 동시에 같은 교재를 가지고 학습시키는 것으로 일제一齊학습이라 한다.

일제학습은 능력의 개인차를 무시하는 획일적인 수업이 되기 쉬우며, 이러한 단점을 극복하기 위하여 기존의 학급을 능력별 학급 편성, 학급 내의 수준별 소집단 편성 등 각종 분반 활동이 이루어지고 있다. 이러한 여러 방안은 모두 장단점을 함께 지니고 있어, 그중 하나로 완전할 수는 없다. 따라서 학습의 목표에 따라서 적절히 응용되어야 할 것이다.

한편, 교사의 수업 기술을 높이기 위한 방법으로는 공개적인 관찰을 통해 지도하거나 상호 연수하는 연구 수업이 시행되고 있다. 시대가 변할수록 수업에 대한 새로운 이론은 지속적으로 만들어지고 있고, 교사들은 새로운 이론을 분주히 받아들여 수업을 개선하려고 노력하고 있다.

이처럼 수업은 간단한 것이 아니라 여러 가지 구성 요소에 의하여 영향을 받는 복잡한 활동이다. 따라서 수업의 왕도는 없으나 분명한 것은 열심히 가르치는 교사와 열심히 배우려는 학생만 있다면 수업은 매우 효과적으로 이루어질 수 있다. 이를 위하여 교사들은 수업을 효과적으로 하는 방법에 대한 연구를 지속적으로 하여야 하며, 학생들은 수업에 집중하는 방법을 습관화하여야 한다.

수업 시간에 집중해야만 하는 이유

공부를 잘하는 공신들은 수업 시간에 집중하지 않는 학생들에게 공부를 잘할 수 있는 기회를 놓치는 어리석음을 범하지 말라고 충고한다. 당장 좋은 머리와 선행으로 수업에 집중하지 않고도 상위권의 성적을 유지하고 있다 하여도, 수업에 집중하지 않는다는 것은 고학년으로 올라갈수록 과목 수의 증가와 난이도가 높아짐에 따라 성적이 하락할 수 있는 가능성을 내포하고 있다는 것을 명심해야 한다. 따라서 수업 시간에 집중하는 자세는 중요하다.

물론 수업 중에는 학생들이 듣기에 너무 부족하고 성의 없는 내용도 있을 수 있지만, 그러한 수업에서도 얻을 수 있는 것을 얻는 것이 현명한 일이다. 수업 내용이 충실하지 않다고 해서 수업을 듣지 않는다면 결국 수업을 듣지 않는 학생만 손해를 보게 된다.

수업에 대한 집중은 "세 살 때 버릇이 여든 간다."라는 속 담이 있듯이 어릴 때부터 바로잡아야 한다. 고학년으로 올라 갈수록 수업에 집중하지 못한 습관을 하루아침에 고치기는 쉽지 않기 때문이다. 수업 시간에 집중해야만 하는 이유를 보면 다음과 같다.

1. 수업 시간은 하루 중 가장 많은 시간을 차지하고 있다.

실제로 학생들에게 요일별 생활 스케줄과 고정 시간을 적 어보게 하면 학교 수업 시간이 잠자는 시간만큼 많은 시간을 차지하고 있다는데 놀라는 경우가 많다. 하루 중 가장 많은 시간을 차지하는 수업 시간에 집중하지 않고 헛되이 보내고 나머지 몇 시간을 학원을 다니거나 자율학습을 한다고 해도 수업 시간에 집중한 학생들을 따라잡기가 어려운 것은 당연 한 결과일 것이다.

2. 수업 시간은 가장 효율적인 시간대를 차지하고 있다.

아무리 새벽형 인간, 야밤형 인간처럼 새벽이나 야밤에 공 부가 잘된다 하여도 아침 9시부터 시작되는 수업 시간만큼 효율적으로 공부하기 좋은 시간대는 없다. 따라서 가장 효율 적인 시간에 이루어지는 수업에 집중만 한다면 가장 많은 양 의 공부를 하게 된다.

3. 혼자하는 공부는 어렵기 때문에 아무리 지겨운 수업이라
   도 수업을 듣는 편이 낫다.

  지금 듣는 수업이 아무리 재미가 없어도, 혼자서 책을 보
고 원리와 개념을 익히는 것보다는 쉽다. 수업은 선생님의
적절한 비유와 예를 든 설명, 다양한 전달 방법으로 이루어
지므로 활자를 통해서 익혀야 하는 혼자 공부보다 쉽고 효율
적이다.

4. 내신 시험에 대한 중요성이 커지고 있어 학교 수업이 더욱
   중요해지고 있다.

  내신은 시험 성적만을 가지고 평가하는 것이 아니라 수행
평가도 포함된다. 선생님이라면 수업 시간에 집중하지 않고
다른 공부를 하거나 딴짓하는 학생들에게 평소 성적이나 수
행평가 점수를 만점을 주기 어려울 것이다.

5. 수업은 내가 필요한 것을 배우는 시간이다.

  수업 시간의 주체는 선생님이 아니라 '나' 이다. 내가 필요
한 것을 배우는 시간이기 때문이다. 학생들 중에 수학 시간
은 수학 선생님의 시간, 국어 시간은 국어 선생님의 시간이
라 생각하는 학생들이 많다. 그러나 수업 시간은 엄연히 '나'
의 시간이다. 생각을 바꾸는 것만으로도 집중하는 자세가 달
라질 수 있다.

6. 학교 수업은 시험 문제의 보물창고와 같다.

시험 문제를 내는 사람은 바로 학교 선생님이기 때문이다. 선생님들은 오랫동안 같은 과목을 가르쳐 오게 되면 매번 내는 시험 문제가 비슷하거나 중요한 것은 같을 수밖에 없다. 따라서 수업 시간에 대부분의 선생님들은 중요한 내용이 나오면 여러 번 반복하여 설명하거나, 여러 가지 예를 들어 강조를 하게 된다. 때로는 이런 것은 꼭 시험 문제에 출제한다고 단도직입적으로 알려주시기도 한다. 학생들은 교사의 이러한 예고나 강조에 대해서 노트에 필기할 때 보충 설명이나 요점, 강조 표시 등을 해야 한다. 이처럼 수업을 듣고 노트 필기 외에 선생님께서 나눠준 유인물, 그리고 어디에도 나와 있지 않은 흘러가는 선생님의 말씀까지 잡아 놓으면 큰 도움이 된다. 그러나 수업은 한 번 듣고 나면 다시는 들을 수 없는 생방송과 같아서 수업에 집중해야 한다.

7. 수업 시간에 집중하지 못하면 부족한 부분을 학원이나 다른 과외 공부에서 채워야 한다.

수업만 잘 들으면 해결할 수 있는 것을 수업을 제대로 듣지 않아서 사교육비와 시간을 들여야 한다는 것은 매우 비효율적이라 할 수 있다. 수업에 집중하게 되면 공부하는데 걸리는 시간을 그만큼 단축시킬 수 있게 된다. 따라서 아무리 좋은 학원이나 과외는 아무리 열심히 해도 수업에 집중하는 것보다는 비효율적이다.

8. 폭넓은 지식을 제공한다.

수업 시간에 집중하면 시험만 잘 볼 수 있는 것이 아니라 수업 중에 지식을 전달하면서 이해를 돕기 위해서 들려주는 예나, 경험담을 들려주어 간접 경험을 할 뿐만 아니라 폭넓은 지식을 얻을 수 있다.

수업은 어떻게 진행되는가?

　　수업은 오랜 시간 동안 진행되어 오면서 일정한 단계를 가지고 있다. 수업 시간은 초등학교에서는 40분, 중학교에서는 45분, 고등학교에서는 50분이다. 학교 급별로 수업 시간은 틀리지만 도입, 전개, 정리 단계의 3단계를 거치면서 수업이 진행된다. 이러한 단계를 정확히 인식하고 단계별로 무엇을 준비하고, 무엇을 들어야 하고, 무엇을 정리해야 하는지를 생각한다면 수업에 집중하는데 도움이 된다.

　　[표-1]에 제시한 국사 수업 지도안은 교사들이 수업을 하기 전에 작성하는 것으로 수업을 어떻게 할지를 미리 예측하고 준비하는 과정에 작성하게 된다. 교사들은 수업 지도안을 작성하면서 실제로 수업 진행 계획을 세우고, 그에 따라 생길 수 있는 문제를 줄이는 역할을 한다.

　　수업 지도안을 보면 수업은 크게 도입, 전개, 정리 단계의

3단계로 구성되어 수업 활동이 이루어진다. 단계별로 이루어지는 내용을 보면 다음과 같다.

1. 도입 단계

1) 주의 집중

도입 단계로써 수업에 대하여 학생의 흥미를 불러일으키는 단계를 말한다,

2) 래포rapport 형성

학생들과 교사 간에 친밀감을 형성하여 적극적이고 활발한 수업 분위기를 만든다.

3) 전 시간 학습 상기

전 시간에 배운 내용을 질문이나 간단한 설명으로 상기한다.

4) 학습 동기 유발

학생들로 하여금 적극적으로 수업에 참여하며 학습 욕구를 갖게 한다.

- 왜 배워야 하는가?
- 배운 뒤에 무엇이 좋은가?

5) 학습 목표 설명

단원에서 가장 중요하고 꼭 배워야 할 내용에 대해서 학습 목표로 알려준다.

2. 전개 단계

이번 시간에 배울 내용을 순서대로 진행한다. 학생들은 수업을 들으며 필기를 한다. 전개 단계에서는 다양한 교수 방법에 의하여 진행된다.

3. 정리 단계

1) 형성 평가

학습한 내용을 질문이나 쪽지를 통하여 본시 학습 내용을 확인한다.

2) 학습 내용 정리

본시 학습 내용을 요약·정리해 준다.

3) 질문 및 응답

의문 사항이나 보충 설명의 필요 여부를 확인한다.

4) 차시 학습 예고

차시 학습 내용을 알려준다.

[표 1-1] 국사 수업 지도안의 실제

국사 교수학습지도안					
일시	2012	**지도 대상**		1학년	
단원	1. 조선의 역사	**차시**	5/5	**지도 교수**	
본시 주제	태조의 업적			**장소**	1-3 교실
학습 목표	• 태조의 업적을 설명할 수 있다. • 조선 건국 이유와 특징을 설명할 수 있다.				
준비물	**교사**			**학생**	
	교과서, 지도안, PPT 자료, 학습 활동지			교과서, 필기도구	

단 계	학습 요소	교수 – 학습 과정	수업 형태	지도상의 유의점
도입 (5분)	주의 집중 및 래포 형성 전시 학습 상기	• 수업에 대하여 학생의 흥미를 불러 일으킨다. • 전시에 학습한 내용을 질문한다.	문답	
	학습 동기 유발	본시 학습에 흥미를 가지도록 한다.	문답	
	학습 목표 제시	본시의 학습 목표를 학생들과 함께 읽 도록 한다	일제 학습	
전개 (40분)	교과 내용	• 본시 학습 내용을 학생들에게 순서대로 전달한다. • 학생들은 수업을 들으며 필기를 한다.	일제 학습	
정리 (5분)	형성 평가	학습한 내용을 질문이나 쪽지를 통하 여 본시 학습 내용을 확인한다.	문답	
	학습 내용 정리 질문 및 응답	• 본시 학습 내용을 요약·정리해 준다. • 의문 사항이나 보충 설명의 필요 여부를 확인한다.	일제 학습	
	차시 학습 예고	차시 학습 내용을 알려준다.	일제 학습	

환상적으로 수업에 집중하려면

수업에 집중하려면 수업의 흐름에 맞추어 '무엇을 준비해야 하는지', '무엇을 들어야 하는지'를 정확히 알고 있어야 한다. 자신이 수업에 집중하지 못한다면 수업 과정 속에서 어느 부분이 부족한지를 찾아내 그것을 해결해야 한다. 수업에 집중하기 위해서는 [표 1-2]와 같은 집중 요소가 있다. 이러한 요소들을 '예'로 답할 수 있도록 자세와 태도를 바꾸어 가다 보면 수업에 집중할 수 있는 습관이 형성된다. 사람에게 어떤 행동이 습관으로 정착되기 위해서는 최소 2~3달의 시간이 필요하다. 따라서 수업에 집중하기 위한 요소들을 습관으로 정착시키려면 꾸준한 노력이 필요하다.

[표 1-2] 수업에 집중하기 위한 요소

구분	항목	예	아니오
준비 단계	□ 이전에 배운 내용을 충분히 복습했는가? □ 학습 계획서는 작성했는가? □ 정리 정돈은 했는가? □ 수업에 집중할 마음은 가지고 있는가? □ 열심히 배우고 싶은 욕구는 생겼는가? □ 수업 준비는 충분히 했는가? □ 예습은 했는가? □ 배울 내용 중에서 중요한 것이나 배우고 싶은 　부분을 표시했는가?		
학습 단계	□ 수업 시간에 집중하고 있는가? □ 자세는 바른가? □ 딴생각을 하지 않았는가? □ 배운 내용을 전부 이해했는가? □ 배운 내용에 대해 세부 개념을 설명할 수 　있는가? □ 배운 내용 중에서 가장 중요한 것은 무엇인가? □ 시험에 출제될 것은 무엇인가? □ 노트 필기는 확실히 했는가? □ 모르는 것은 질문했는가? □ 부족한 부분은 무엇인가? □ 숙제는 무엇인가? □ 형성평가는 했는가?		
완성 단계	□ 복습은 했는가? □ 이번 시간에 배운 내용 중에서 꼭 알아야 할 것 　은 무엇인가? □ 수업 만족도 평가를 한다. □ 노트 필기를 정리한다.		

수업 중 문제 행동이 수업 몰입을 방해한다

수업 중 문제 행동이란 수업 중에 수업 분위기를 해치는 행동을 말한다. 구체적으로는 수업 중에는 하지 말아야 하는 행동, 특히 수업 분위기에 실질적 또는 감정적으로, 신체적으로나 정신적, 나쁜 영향을 주는 행동을 말한다. 수업 중에 학생들의 수업에 문제 행동이 나타나는 원인은 다음과 같다.

1. 잘못이라고 인식하지 못하고 있기 때문이다.

자신의 행동이 수업 분위기를 해치는 문제 행동이라고 생각하면 쉽게 하지 못할 것이다. 실제로 많은 학생들이 자신의 행동이 왜 잘못되었는지를 모르고 하는 경우가 많다. 수업 중에 휴대전화 문자를 주고받거나, 옆에 앉은 학생하고 작은 목소리로 소곤거리는 학생은 자신의 목소리가 남에게 들리지 않은 것이라고 착각하는 경우가 많다. 그러나 이러한 행동은 다른 학생에게 피해를 주는 잘못된 행동이므로 하지 말아야 한다.

2. 교사의 강의력이 부족하기 때문이다.

교사의 강의력이 탁월하면 문제 행동이 나타나지 않지만, 강의력이 부족하게 되면 학생들이 수업에 집중하지 못하고 문제 행동을 나타낸다. 수업 시간에 교과서만 읽으면서 가끔 부연 설명을 하시는 선생님이 있다. 이런 경우에는 듣지만 말고 자신도 읽어 가면서 문장을 이해하고 저자가 주려는 것이 무엇인지를 정확히 파악하면서 수업을 듣는 것이 효과적이다.

수업 중에 선생님이 수업 내용과 관련 없는 것을 알려주시거나, 화제가 다른 곳으로 전환된 경우에는 지금까지 배운 내용에 대해서 다시 한 번 음미하고 부족한 부분이 무엇인가를 찾는다. 그러고도 시간이 남으면 남은 수업 내용이 무엇인가를 찾아본다. 그러나 이런 때는 티 안 나게 공부하는 것이 중요하다. 선생님은 다른 이야기를 하다가도 공부하는 사람을 보면, 잡담을 멈추는 경우가 많기 때문이다.

아는 것은 많지만 표현이 서투른 선생님의 수업이 있다. 이런 경우에는 들어도 무슨 내용인지를 모르거나 부족한 것이 생길 수 있다. 이러한 경우에는 교과서를 읽고 이해가 안 되는 부분은 직접 질문하는 것이 좋다.

3. 수업 내용이 재미없거나 흥미가 없기 때문이다.

수업 내용이 재미있거나 흥미가 유발되면 수업에 대한 참여도가 높다. 그러나 수업 내용이 너무 어렵거나 추상적인 내용들로 구성되면 학생들은 지루하게 되고 그에 따라 졸음이나 무료함을 달래기 위하여, 잡담이나 휴대전화를 사용하게 된다.

4. 학생들의 생리적 · 신체적 작용의 결과이기 때문이다.

학생들이 아무리 수업에 대하여 관심을 갖고 참여하고 싶더라도 생리적 · 신체적인 작용으로 인하여 문제 행동이 발생하는 경우가 많다. 학생들은 생리적으로 점심 후에 졸게 되거나 오랫동안 수업을 듣게 되면 신체적으로 힘들게 되므로 주의가 산만해지게 된다.

5. 다른 학생들에게 주목을 받으려고 하기 때문이다.

학생에 따라서는 수업 중에 돌출 행동이나 문제 행동을 함으로써 다른 학생들의 주목을 받거나 우쭐하고 싶어 하는 경우가 있다.

주의력이 부족하면 ADHD 의심해 보라

지금 내가 컴퓨터 게임은 한 시간이고 두 시간이고 집중적으로 몰두하는데, 숙제를 하기 위해 책상에 앉으면 채 5분도 못 견디거나 외부의 자극에 금방 주의가 흐트러진다면 주의력결핍 과잉행동장애가 아닌지 의심해 봐야 한다.

부산하고 산만하며 과잉 행동을 보이는 것을 가리켜 우리는 흔히 주의력결핍 과잉행동장애Attention Deficit Hyperactivity Disorder, ADHD라고 부른다. 결국 ADHD는 주의력이 부족해 산만하고, 과다 활동, 충동성을 보이는 상태를 말한다. ADHD의 정확한 원인은 밝혀지지 않았지만 뇌의 구조적 이상이나 신경전달물질의 불균형과 같은 신경계의 이상, 그중에서도 도파민 결핍이 가장 중요한 원인인 것으로 보고 있다. 이밖에도 유전적인 요인, 특정 약물이나 식품첨가물 등의 화학 물질의 과다 섭취, 양육자의 양육 태도, 부적절한 양육 환경도 한 원인으로 보고 있다.

국민건강보험공단의 발표에 따르면 ADHD가 매년 크게 증가한 것으로 나타나는데 이는 맞벌이 부모, 이혼 가정의 증가 등 양육 환경의 변화가 한몫하는 것으로 분석된다.

ADHD라고 하면 대개 눈에 띄게 과격하고 산만한 행동을 보이지만, 말썽을 일으키지 않아도 집중력이 현저히 떨어지는 '조용한 ADHD'도 있다. 조용한 ADHD의 경우 과잉 행동은 없이 집중력에만 문제가 있어 수업 중 멍하니 딴생각에 빠져 있거나 실수가 잦으며 학습 능률 또한 떨어지게 된다.

ADHD는 주로 9세 이하와 10대의 학령기 학생들에게 집중적으로 나타난다. 초등학교 때에는 수업 시간에 집중하지 못해 수업 태도가 좋지 못한 것이 대표적이며, 시험을 볼 때 문제를 제대로 읽지 않아 아는 것도 틀린다거나 숙제나 준비물을 제대로 챙기지 못하고, 자기 물건을 자주 잃어버리기도 한다.

사춘기에 들어서면 과잉 행동 증상은 많이 사라지지만 집중력 부족 현상은 여전히 남아 있다. 이런 증상들로 따돌림을 당해 심리적으로 위축되는 경향이 나타나 우울증이 발생하기도 한다. 유난히 산만하고 눈에 띄는 과격한 행동을 보이는 ADHD는 발견이 빨라 조기에 치료를 하는데 큰 어려움이 없지만, 이와는 반대로 눈에 띄는 행동이 보이지 않는 조용한 ADHD는 발견 시기가 늦어져 제대로 된 치료가 이루어지지 못해 방치되는 경우가 많다. 이러한 조용한 ADHD를 치료하지 않고 방치할 경우 아동기 내내 여러 방면에서 어려움이 지속되고, 일부의 경우 청소년기와 성인기가 되어서도 증상이 남게 된다.

ADHD는 대부분 또래 관계, 학습 성취, 부모와의 관계, 교사와의 관계 등 전반적인 생활에서 어려움을 겪게 된다. ADHD는 단독으로 나타나는 경우는 불과 30%이며, 나머지는 불안장애, 틱장애, 투레트증후군, 학습장애 등이 동반된다. 따라서 수업에 집중하기 위해서는 ADHD는 치료가 되어야 한다. ADHD는 부모의 세심한 관심과 전문가의 도움이 동시에 병행되어야 더욱 효과적인 치료가 가능하다. 부정적이거나 지나친 강요로 자녀의 행동을 고치려 하기보다는 칭찬과 보상 등의 긍정적인 메시지로 자신감을 심어주는 것이 중요하다. 최근에는 아침에 한 번 복용하면 약효가 온종일 지속되는 약이 있기 때문에 전문가와의 상담을 통해서 복용을 해야 한다.

ADHD는 스스로 자가 진단이 가능하며 다음의 표를 보고 자신의 상태를 측정해 보면 된다. 자신에게 해당하는 것이 항목당 3개 이상 나오고, 그 행동들이 6개월 이상 지속되면 ADHD를 의심해 봐야 한다.

구분	항목	예	아니오
주의력 부족 증상	□ 외부 자극에 쉽게 주의가 산만해진다. □ 물건을 자주 잃어버린다. □ 한 가지 일이 다 끝나기도 전에 다른 일로 옮겨 버린다. □ 장시간 앉아 있기 힘들어 한다. □ 약속을 잘 잊어버린다.		
과잉 행동	□ 손발을 가만히 두지 못하고 계속 몸을 움직인다. □ 질문이 끝나지도 않았는데 대답을 해버린다. □ 말을 많이 한다. □ 안절부절 못한다. □ 놀 때 조용히 놀지 못한다.		
충동성	□ 자기 차례를 기다리지 못한다. □ 자주 다른 사람을 방해하거나 참견한다. □ 남의 말을 잘 듣지 않는다. □ 위험한 행동을 자주한다. □ 남을 밀치거나 때린다.		

02

몰입하려면
주의 집중력을
키워라

　　주의 집중력이란 마음이나 주의를 한 곳으로 모으는 힘을 말한다. 즉 한정된 시간 동안 지속적으로 한 곳에 모든 마음을 기울이고 몰입하는 능력이다. 공부할 때의 주의 집중력이란 주변에서 어떤 일이 일어나든지 의식적으로 자신의 주의력을 한 곳, 즉 공부하는 데에만 기울이는 능력을 말한다.

　　주의 집중력이 부족하면 금세 끝마칠 수 있는 공부도 오랜 시간 붙들고 있게 되고, 공부 중에는 멍하니 딴생각에 빠져 있거나, 좀 전에 공부한 것을 금방 잊어버리거나, 의자에 잠시만 앉아 있어도 몸을 비튼다.

　　대부분의 사람들이 주의 집중력은 선천적으로 결정되기 때문에 변화시킬 수 없다고 생각하지만, 사실 주의 집중력은 훈련을 통해 향상시킬 수 있다. 주의 집중력이 높아지면 자신의 심리적 환경이나 물리적 환경을 스스로 조성하거나 방해하는 환경을 조절할 수 있다.

　　기억을 하기 위해서는 주의 집중력이 절대적으로 필요하다. 만약 주의 집중력이 없다면 기억을 하기가 어려울 것이다. 주의 집중력은 공부하는 데에 듣기, 읽기, 기록하기, 시험 보기와 같은 정신 활동에서 매우 중요한 역할을 수행한다. 주의 집중력이 높아지면 한 번만 읽어도 모두 머릿속에 기억될 뿐만 아니라 공부를 할 때도 시간 가는 줄 모르고 빠져들게 하므로 주의 집중력은 학습 능력을 키우는데 더할 나위 없이 중요하다.

수업에 몰입하려면 집중력이 필요하다고 말하는 A군

A군은 중학교 2학년 학생이다. 그는 앞으로 육군사관학교 진학을 목표로 공부하고 있다. A군은 전교 5등 안에 드는 우등생이다. A군은 중학교에 진학하면서 학교가 끝나고 종합반 학원을 다녔다. 그리고 집에 가서는 학교나 학원에서 내준 숙제를 하다 보니 매일 밤 2시를 넘겨서 잠을 자게 되었다. 그리고 아침 7시에 일어나 학교에 등교하였다.

A군은 잠이 부족해서 학교에서 1, 2교시에는 계속 졸게 되어 수업에 집중하지 못했다. 수업 종이 치고 10분만 지나면 자신도 모르게 졸음이 쏟아졌다. 쉬는 시간에도 내내 엎드려 부족한 잠을 보충할 지경이었다. 그러다 보니 수업은 점점 재미없어지고, 자연적으로 학교 선생님의 설명은 거의 듣지 못하지만, 학원에서 맞춤식 선행학습을 하니 괜찮을 것 같다고 스스로 위안하였다. 그러나 막상 시험을 보고 나서 성적

은 좋지 않았다.

성적이 나쁘다 보니 학원에 더욱 의존하게 되고, 점차 수업 시간이 지루하기 때문에 선생님 몰래 친구와 떠드는 것이 습관이 되었다. 그러다 보니 선생님이 칠판에 적는 내용도 관심이 없었다. 때로는 엉뚱한 곳을 쳐다보며 멍하게 있곤 하였다. 선생님과 눈이 마주치면 고개를 끄덕이며 아는 시늉을 하지만 정작 질문에는 대답하지 못했다.

A군은 2학기 중간고사를 보고는 더욱 충격에 빠졌다. 학원을 열심히 다녔는데도 불구하고 성적은 더욱 떨어졌기 때문이다. 원인을 분석한 결과 학교에서는 수업에 집중하지 않고 학원 수업에 의존하려다 보니 문제의 출제 경향이나 중요한 부분들을 놓치고 시험공부를 한 것이라는 사실을 알게 되었다.

A군은 지금까지 학교 수업을 너무 등한시해서 중요한 것들을 놓쳤기 때문이라고 생각하고 우선은 수업 시간에 졸지 말고 수업에 집중하기로 결심하였다.

A군은 수업 시간에는 무조건 머릿속에 잡생각을 버리고 오직 선생님만 바라보고, 선생님이 말씀하시는 내용들 중에서 모르는 것과 새롭게 배운 것만 찾아 노트 필기를 해나갔다. 처음에는 습관이 형성되어 있지 않아서 힘들었는데 1주일 정도 지나니까 선생님의 말씀이 귀에 들어왔다. 2주일이 지나니까

수업 시간에 집중하게 되었다. 그러면서 수업이 귀에 들어오게 되고, 중요한 부분이 어딘지를 알 수 있게 되었다.

A군은 학원 공부만 하던 시절과 비교하니 수업 시간에 집중하니 기억도 오래가고 개념을 정확히 이해하게 되면서 성적이 올라가기 시작하였다. A군은 굳이 학원을 다니지 않아도 수업에만 집중해도 좋은 결과를 얻을 수 있다는 생각을 갖게 되고, 다니던 학원도 그만두고 오직 수업 시간에만 집중하였다.

K군이 성적을 올린 비결은 수업 시간에 충실하지 못했던 습관을 버리고 수업 시간에 몰입하여 선생님의 말과 행동 하나하나를 놓치지 않고 따라간 결과라고 하였다.

주의 집중력이 필요한 이유

공부를 잘하는 학생일수록 공부에 집중하는 능력이 탁월하며, 그에 따라 공부 시간도 절약되고 공부를 완벽하게 할 수 있다. 그러나 주의 집중력이 부족하면 같은 양의 공부를 해도 시간이 많이 걸리고 공부를 건성으로 하게 된다. 공부에 대한 주의 집중력은 습관의 결과다.

중학생이 되면 한 주, 하루 수업 시간이 대폭 늘어난다. 이런 생활 방식에 익숙해지기 위해선 무엇보다 수업 시간에 집중할 수 있는 능력이 필수다. 주의 집중력이 필요한 이유를 보면 다음과 같다.

1. 짧은 시간에 많은 공부를 할 수 있다.

주의 집중력은 주어진 시간 내에 공부를 완성하는 능력으로, 주의 집중력이 높은 학생은 공부를 짧은 시간에 마치지만, 낮은 학생은 주변의 사소한 자극에도 쉽게 주의를 빼앗기기 때문에 주어진 시간 내에 일이나 공부를 끝내지 못한다. 짧은 시간에 많은 공부를 하기 위해서는 주의 집중력이 필요하다.

2. 스스로 통제력이 생긴다.

주의 집중력이 높으면 자신이 정한 목표에 도달하기 위해서 어느 정도 참아내는 인내력과 함께 자신을 통제하는 능력이 생긴다.

3. 암기력에 도움이 된다.

암기력은 주의가 집중되어야만 가능한 고도의 두뇌 활동이다. 주의 집중력이 높으면 암기력이 높아지고 주의 집중력이 낮으면 암기력이 낮아진다.

4. 성적 향상에 도움이 된다.

주의 집중력은 암기력에 영향을 주고 암기력은 결국 시험에 영향을 미친다. 따라서 주의 집중력이 높으면 시험에서 좋은 성적을 낼 수 있다.

5. 도전심이 커진다.

주의 집중력이 높을수록 목표에 대한 도달 욕구가 커져 더 높은 단계에 도전하려는 의지가 강해진다. 반면에 주의 집중력이 떨어지면 실패에 대한 두려움 때문에 도전 의지도 사라져 버린다. 주의 집중력이 높을수록 성공할 수 있다는 강한 자부심이 생기고, 이는 결국 도전을 향한 자극이 된다.

6. 자신감이 커진다.

주의 집중력 저하는 암기력 저하와 성적 부진을 가져올 뿐만 아니라 자신감을 떨어뜨려 소심한 아이가 되어 대인관계를 기피하게도 만든다. 그러나 주의 집중력 향상으로 자신감이 생기면 적극적인 성격이 되어, 대인관계를 주도하려는 성향이 나타난다.

기질에 따른 주의 집중력

심리학자들은 다양한 연구를 통해 천부적이라고 하는 재능조차도 대체로 고도의 주의 집중력을 요하는 순간에 계발되고 발휘되는 능력이라는 것을 알게 되었다. 그리고 이러한 연구들에 기초하여 심리학자들은 개인의 기질과 성향을 분석하여 잠재력을 극대화하는 환경을 만들 수 있는 방법을 모색하고자 하였다.

영국의 심리학자인 아이젠크Eysenck는 사람의 성격을 구성하는 가장 기본적인 요소로 외향성(적극적)과 내향성(소극적), 정서의 안정과 정서의 불안정을 들었다. 그에 따라 '외향성-내향성'을 X축으로, '정서의 안정-정서의 불안정'을 Y축으로 하는 2차원의 좌표를 기준으로 MPIMaudsley Personality Inventory로 불리는 성격 검사를 개발하였다. 그의 이론에 따르면 내향적인 사람은 외향적인 사람에 비해 중추신경의 자극이 오랫동안 지속되기 때문에 주의 집중력을 유지하기 쉽고, 정서가 안정적인 사람은 불안정한 사람보다 산만하지 않고 고도의 주의 집중력을 발휘하기 쉽다고 한다. 이론에 근거한 MPI의 여섯 가지 유형에 따른 개인적 기질과 그에 따른 공부 방법을 살펴보면 다음과 같다.

• 독자형

승부 근성이 강해 누구에게도 지기를 싫어하며, 감정의 기복이 심해 좋고 나쁨이 얼굴에 곧바로 드러난다. 또한, 누군가에게 인정받고자 하는 성향이 강하고 즉흥적이어서 칭찬을 받으면 더 열심히 하지만 내키지 않는 일에 대해서는 집중하지 못한다. 이러한 유형의 사람은 정확한 계획을 세워 공부하는 습관을 갖는 것이 중요하다.

• 신속 경솔형

머리 회전이 빠르고 아이디어가 풍부해 사물에 대한 판단력이 뛰어나지만, 성격이 급해 자신의 개인적 경험에 비추어 성급하게 결론을 도출해내며 자신의 순발력에 의존해 계획성 없이 공부하는 경향이 두드러진다. 이러한 유형의 사람은 한 가지 공부에 전념하는 것이 중요하다.

• 과잉 배려형

빈틈없이 일을 진행하려 하기 때문에 걱정이 많은 편이며,

일을 그르칠까 하는 염려에 단호하게 결단을 내리지 못하고 우유부단하다. 다른 유형에 비해 몸에 밴 습관을 개선하려는 의지와 신념이 약하고 결단을 내린 후에도 계속 고민을 하기 때문에 변화가 더디다. 이러한 유형의 사람은 자신감을 가지고 가장 중요한 공부를 먼저 할 수 있도록 공부의 우선순위를 정하는 것이 좋다.

• 호언 장담형

자신의 의지를 다른 사람에게 과장되게 표현하며 누구와도 원만하게 지낸다. 하지만 자신의 능력에 비해 목표를 높게 세우기 때문에 목표한 바에 실제 도달하는 경우는 드물며, 다른 사람에게 의존하는 경향이 강해 계획을 자주 변경하는 편이다. 이러한 유형의 사람은 주어진 공부를 책임감 있게 수행할 수 있도록 하고 해야 할 공부를 뒤로 미루지 않고 완결하도록 해야 한다.

• 작심삼일형

호기심이 많고 짧은 시간 동안 높은 주의 집중력을 발휘하지만 의지력이 약해 쉽게 싫증을 내며, 계획을 세우거나 새로운 발상을 해도 막상 그것을 실행에 옮기는 단계가 되면 좀처럼 오랫동안 관심을 유지하지 못한다. 이러한 유형의 사람은 할당된 공부 시간을 세분해 가급적 공부를 짧은 시간 내에 하는 것이 효과적이다.

• 권위 경직형

끈기가 있어서 한번 시작한 공부는 끝까지 완결하지만, 융통성이 부족해 독선적이며 응용력이 약해 새로운 공부에 쉽게 적응하기 어렵다. 하지만 의지가 매우 강하므로 목표한 것을 이루기 위해 계획성 있게 공부를 하며, 자신이 부족한 부분을 보완하려 하기 때문에 시간이 지남에 따라 경험이 쌓이면서 학습 효과가 극대화된다.

주의 집중력에 영향을 미치는 요인

주의 집중력은 학습의 효율을 높이는데 매우 중요한 능력이다. 이 주의 집중력은 매우 많은 요인에 영향을 받는데 학자들마다 약간의 견해 차이가 있다. 하지만 이러한 차이에도 불구하고 핵심적인 요인은 비슷하게 나타난다. 그러한 요인은 주거 환경, 부모의 양육 태도, 가족 구성원 간의 유대 관계, 교육 수준, 직업, 가족의 성격과 성장 과정, 교우 관계와 같은 외적 요인과 개인적 욕구, 경험, 성취감, 유전형질과 같은 내적 요인으로 구분할 수 있다.

이처럼 다양한 요인에 따라 아이들의 주의 집중력이 떨어지는 경우를 살펴보면 다음과 같다.

1. 야단을 많이 맞으면 주의 집중력이 떨어진다.

자주 야단을 맞는 아이들은 매사 자신감이 없고 정서가 불안하기 쉽다. 아이들은 어른과 달리 아직 경험이 부족하기 때문에 시행착오를 많이 겪는다. 이때 아이가 스스로 문제를 해결할 수 있도록 기다려 주어야 하는데 그렇지 않으면 아이는 점점 위축되어 불안한 정서를 갖게 된다.

2. 무기력증과 우울증이 있으면 주의 집중력이 떨어진다.

아이들의 우울증은 어른과는 다른 양상으로 나타난다. 아이들은 자신이 우울하다는 것을 잘 깨닫지 못하고, 그것을 말로 표현하지도 못한다. 이때 아이들은 몸을 잘 움직이지 않으려 하거나, 이유 없이 아프다는 말을 하기도 하고, 어떤 일에도 관심을 보이지 않으면서 기운이 없다. 이럴 때 집중을 못 하는 것은 당연하다.

집중은 상당한 정신적인 에너지를 적극적으로 사용해야 하는 활동이기 때문에 우울하고 무기력한 아이들은 주의 집중력이 떨어질 수밖에 없다. 따라서 평소 아이의 상태에 관심을 가지고 지켜본 후 우울증이 의심되면 관심을 많이 기울여 주고, 성취감을 느낄 수 있도록 아이의 장점을 칭찬해 주어야 한다. 사람이라면 누구나 어떤 일을 열심히 했는데도 칭찬을 받지 못하거나 못한다는 평가를 받게 되면 우울해하고 의기소침해진다.

3. 학습 의욕과 동기가 부족하면 주의 집중력이 떨어진다.

컴퓨터 게임을 하거나 놀 때는 오랜 시간 집중하지만, 공부를 할 때만 주의 집중력이 떨어진다면 그것은 학습 의욕과 동기가 낮기 때문이다. 아이가 잘못하는 여러 가지를 야단치면 아이는 의기소침해지고 공부를 싫어하게 된다.

따라서 못하는 부분을 야단치지 말고 아이의 흥미와 적성을 최대한 살펴 학습 의욕을 키워주어야 하며, 흥미를 느끼지 못하는 것에 대해서는 학습 동기를 만들어 주어야 한다.

사람은 자신이 한 일에 대해 인정을 받으면 더 열심히 하려는 의욕이 생기고, 이를 바탕으로 실력이 향상되면 성취감과 함께 학습 동기와 의지가 생길 수 있다.

4. 공부 혐오증에 걸리면 주의 집중력이 떨어진다.

공부 혐오증이란 공부하는 것 자체를 매우 싫어하는 것을 말하는데, 이러한 공부 혐오증이 생기는 이유는 공부와 관련해서 기분 나쁜 경험이 반복되었기 때문이다. 일단, 공부 혐오증이 생기면 아이들의 의지력만으로 극복하려 하기보다는 부모나 선생님이 공부 혐오증을 없앨 수 있도록 도와주어야 한다.

대개 공부 혐오증이 있는 아이들은 나쁜 공부 습관을 가지고 있다. 어렸을 때부터 주의 집중력을 떨어뜨리는 공부 습관을 가지면 그것이 계속해서 학습에 악영향을 미친다. 공부에 방해가 되는 습관을 고치기 위해서는 무엇보다도 집중하기 좋은 환경을 만들어 주어야 한다. 되도록 아이의 공부방을 조용한 곳에 따로 마련해 주고 공부는 책상에서 하도록 한다. 책상에는 시각적인 방해 자극을 제거하기 위해 눈앞에 보이는 것이 없어야 한다. 벽지도 차분한 색상의 단색으로 해서 아이의 주의를 끌지 않게 해야 하고, 청각적 자극을 제거하기 위해 아이가 공부할 때는 주변을 조용하게 해주어야 한다. 지나치게 성취 지향적인 아이도 집중을 잘 못 하는데 다른 사람에게 지는 것을 못 견디고 일등을 해야만 한다는 강박관념은 스트레스로 이어진다. 그러므로 공부에 지나치게 강박관념을 갖지 않게 해야 한다. 이런 아이들은 공부의 부정적인 측면을 두려워한다.

공부의 즐거움은 모른 채 '지면 안 돼'라는 생각에 사로잡혀서 힘든 것을 참아내는 데 모든 에너지를 쏟는다. 이것은 부모, 교사, 학교 분위기, 매스컴의 영향이 크다. 그러므로 부모나 선생님은 최선을 다해야 하지만 실수할 수도 있고, 모든 것을 다 잘할 수는 없다는 것을 아이가 받아들이고 마음의 여유를 가질 수 있도록 가르쳐야 한다.

5. 뇌 기능에 문제가 있는 경우 주의 집중력이 떨어진다.

주의력 결핍 및 과잉행동장애처럼 주의 집중력이 매우 부족한 경우는 뇌에서 작용하는 신경전달물질의 이상 때문일 수도 있다. 주의력 결핍의 경우 타고나는 특성도 중요하지만 심리적 환경도 매우 중요하다. 생애 초기부터 기질이 부산스럽고 다루기 힘든 아이의 경우, 양육자가 어떻게 반응하느냐에 따라 주의 집중력이 개선될 수도 있고 더 악화될 수도 있다.

기질적으로 주의 집중력이 부족한 성향을 타고난 데다가 부모의 잘못된 양육 방식이 결합되면 최악의 경우 주의력 결핍장애가 된다.

집중을 못 하고 부산스러운 아이들은 다른 사람을 자주 화나게 하는데 그럴 때 부모나 코치가 인내심을 잃고 쉽게 화를 잘 낸다면 아이는 이 때문에 스트레스를 받게 된다. 이런 일이 반복되면 아이는 정서적으로 불안정해져 더 집중을 못 하게 되고, 가족 관계도 악화되어 부모의 말에 순종하지 않는다. 이때는 전문적인 상담과 부모 교육을 받고, 필요하다면 약물 치료를 병행한다. 문제가 시작되는 초기에 치료할수록 후유증을 최소화할 수 있다.

6. 가족 내 관계가 원만하지 못한 경우 주의 집중력이 떨어진다.

가정불화 속에서 자라는 아이는 오랜 시간 긴장 상태에서 위축되어 주변의 눈치를 살피는 등 한 가지 일에 집중하지 못한다. 주의 집중력을 향상시키기 위해서는 부모가 융통성

있고 여유 있는 양육관을 가져야 하며 건강, 성격, 적성과 흥미, 지능 등과 같은 아이의 특성을 고려해야 한다. 또한, 아이를 인정해 주고 존중해서 자존감을 높여 주어야 하며 다양한 보상(외적·내적 동기 부여)을 자주 제공해야 한다. 주의 집중력을 키우는 데 도움이 되는 과제와 놀이를 활용하는 것도 매우 중요하다.

여러분의 주의 집중력 정도를 측정하는 검사입니다. 다음 질문은 여러분의 주의 집중력을 높이기 위한 사전 검사이니 솔직하게 대답해 주기 바랍니다. 해당 문항이 맞으면 '예'에, 맞지 않으면 '아니요'에 체크해 주세요.

	나의 주의 집중력은 어느 정도일까요?	예	아니오
1	공부하는 자세가 바른 편이다.		
2	잠을 충분히 잔다.		
3	건강한 편이다.		
4	공부하는 시간을 정해서 한다.		
5	공부하기 전 주변을 정리한다.		
6	공부가 안 되면 공부 방법을 바꿔본다.		
7	교실에서 앞쪽에 앉는 편이다.		
8	수업 시작 5분 전에 앉고 수업 종료 5분 뒤에 일어난다.		
9	궁금하면 바로 질문한다.		
10	공부하는 중에 잡념이 안 생기는 편이다.		
11	하고 싶은 일이 있더라도 중요한 일부터 마무리한다.		
12	책상에 앉아 있는 시간이 길다.		
13	수업 시간에 딴생각을 하지 않는다.		
14	주의 집중 시간이 비교적 길다.		

수업 몰입

15	여러 사람과 대화할 때 자신의 생각을 조용하게 풀어내는 편이다.		
16	쉽게 흥분하지 않는다.		
17	계획한 일은 가능한 한 끝내려고 한다.		
18	공부할 때 심리적으로 편안함을 느낀다		
19	주변에서 나는 소리에 쉽게 반응하지 않는다.		
20	스트레스가 적은 편이다.		
'예'에 답한 총 개수 ( ) 개			

- 16~20개 : A 유형 – 주의 집중력이 높군요.
- 10~15개 : B 유형 – 주의 집중력이 조금 있는 편이네요.
- 0~10개 : C 유형 – 주의 집중력을 기르기 위해 노력하세요.

[A 유형]

- 주의 집중력이 높은 편으로 집중 전략을 잘 알고 있는 학생이다.
- '아니요'라고 답한 것만 찾아서 부족한 부분을 수정한다.

[B 유형]

- 주의 집중력이 보통인 편으로 집중 전략을 잘 모르지만 공부를 하려는 의지가 있는 학생이다.
- '아니요'라고 답한 것만 찾아서 부족한 부분을 수정한다.

[C 유형]

- 주의 집중력이 낮은 편으로 수업 중 산만한 학생이다.
- 전반적으로 집중 전략에 대해 처음부터 훈련해야 한다.

수면 시간 지나치게 줄이면 독이 된다

잠 또는 수면睡眠은 자연스럽게 반복되는, 무의식 상태에서 휴식을 취하는 행위를 말한다. 사람은 어릴수록 하루에 자는 시간이 길고, 자랄수록 짧아진다. 생후 1주에는 18~20시간, 만 1세에는 12~14시간, 만 10세에는 10시간 정도를 잔다. 성인은 하루에 대략 6~8시간 정도를 잔다. 사람은 의도적으로 수면 시간을 조절하기도 한다.

15세 이상 사람의 평균 수면 시간은 한국을 예로 들면 6시간 15분, 미국은 7시간이다. 잠이 부족하면 피로를 느끼고 감정이 날카로워져 짜증이나 화를 내기 쉬워진다. 또한, 잠이 부족한 상태가 장기간 지속되면 심혈관계 질환이나 정신질환 등 여러 질병에 걸릴 확률이 높아진다.

'4당 5락'이란 말이 있다. 이는 좋은 대학에 가려면 4시간 자고 공부하면 붙고 5시간 자고 공부하면 떨어진다는 말이다. 결국, 좋은 대학을 가려면 하루에 4시간만 자야 한다는 것이다. 그러나 사람에 따라 다르지만 잠은 7시간 정도 자는 것이 좋다는 게 일반적인 견해다. 의학적으로 보면 밤 12시부터 오전 2시까지가 신체의 모든 기관이 회복하는 시간대이기 때문에 이 시간을 포함시켜 잠을 자야 수면의 효율성을 높일 수 있다. 그러나 체질에 따라서는 심야가 집중력이 높은 경우도 있다.

수업에 집중하지 못하는 가장 큰 이유 중 하나는 수면 부족이다. 우리 뇌는 추론, 상상, 기억 등을 하기 위해 기본적인 각성 상태가 유지되어야 한다. 졸음이 심하다는 것은 각성 상태가 유지되지 않아 집중력이 떨어지게 된다는 것을 의미한다.

학생들이 수면이 부족한 이유는 학원에서 늦게까지 수업을 받고 귀가가 늦어지거나, 학교나 학원 숙제를 하느라 잠이 모자라는 경우가 대부분이다. 그리고 청소년기에 있는 학생들은 급격한 신체의 성장과 함께 운동량이 늘어남에 따라 항상 피곤함에 지쳐 있는 경우가 많다. 따라서 잠을 줄여도 최소한 5시간은 자야 한다.

만약 잠을 5시간 이하로 줄이면 학습 능력도 떨어지고, 한 달 이상 5시간 이하로 자게 되면 '수면 박탈 현상'으로 두뇌 기능은 오히려 떨어진다. 워낙 잠이 없는 사람이라면 모를까, 갑자기 잠을 줄여 신체 리듬이 깨지면 성적을 높이는데

역효과를 낳는다.

한국에서는 학생이 되면 학교 공부에, 학원 공부에, 집에서는 숙제를 하다 보면 잠이 부족해지기 마련이다. 수면이 부족해지면 당연히 수업 시간에 졸게 되거나 졸지는 않아도 수업에 집중하기가 어렵게 된다. 잠은 매일 자지만 어떻게 자야 효과적인지 모르는 경우가 많다.

1. 잠을 충분히 잔다.

사람은 하루 8시간 수면이 필요하다는 연구 결과도 있지만, 미래를 준비해야 하는 학생들은 하루의 1/3을 잠으로 사용하는 것은 너무 아깝다. 6시간 전후로 수면을 취하면서 가능하면 일찍 자고 일찍 일어나는 습관을 지니도록 한다.

2. 쪽잠을 활용한다.

수업 중에 집중력이 떨어질 때는 쉬는 시간을 이용해 짧은 시간 잠을 자 두는 것도 좋은 방법이다. 오후 2~4시는 뇌의 각성도가 가장 낮은 시간대이다. 이 시간에는 대부분의 사람이 졸음을 경험한다. 낮 시간대라도 피곤할 때는 쉬는 시간 5~10분 정도의 '쪽잠'만으로도 집중력 회복에 큰 도움을 받을 수 있다. 하지만 30분 이상의 낮잠은 불면증의 주요 원인이 되어 생활 리듬을 깰 수도 있다. 쪽잠을 자지 않는다면 이 시간대에는 상대적으로 집중이 덜 필요한 공부나 일을 하는 것이 좋다.

3. 수면 상태를 최상으로 유지한다.

잠을 충분히 못 자면 잠을 자지 않은 상태보다 머리가 멍한 경우가 많다. 수면 중에는 숙면을 취할 수 있게 해야 한다. 따라서 수면 중에 코를 골거나 몸을 심하게 움직이지 않도록 한다. 코를 골거나 몸을 심하게 움직이면 보기에는 깊이 자는 것 같지만, 실제 수면의 질이 좋지 않아 충분히 잠을 잔 것이 아니기 때문에 자고 일어나도 피곤이 가시지 않게 된다. 코를 골면 병원에 가서 치료를 받고, 수면 중 몸의 움직임을 줄일 수 있도록 노력한다.

숙면을 취하는 방법

- 자기 전에 간단한 스트레칭을 한다.
- 카페인이 든 음료수는 삼간다.
- 따뜻한 물에 몸을 담그거나 샤워한다.
- 소음과 빛을 차단한다.
- 낮잠은 될 수 있는 한 피한다.
- 방의 온도는 적당하게 유지한다.
- 자신에게 알맞은 베개를 이용한다.
- 손발을 따뜻하게 한다.

4. 수면 패턴을 습관화한다.

수면 패턴이 불규칙해지면 잠자리에 드는 시간과 시간이 일정하지 않아서 잠을 자도 피곤이 안 풀리는 경우가 있다. 실제로 피곤하다고 일찍 잠들거나 잠을 너무 오래 자도 일어나면 몸이 찌뿌듯하고, 생활과 몸의 리듬이 깨지기 일쑤다.

5. 뇌의 활성도를 효율적으로 활용한다.

뇌의 활성도는 하루 중 사이클이 있으므로 이를 거역하는 것보다 이용하는 것이 좋은 방법이다. 수업이 오전 9시에 시작된다면 최소한 오전 6시나 7시에 일어나는 것이 좋다. 이유는 잠에서 깬 후 2, 3시간이 경과해야 뇌의 활성이 정상화되기 때문이다.

6. 최적 수면 시간을 찾는다.

규칙적인 수면 시간을 확보하기 위해서는 최적 수면 시간을 찾아야 한다. 최적 수면 시간을 찾으려면 우선 수면 시간을 일주일간 총수면 시간과 학교에서 자는 시간을 더하여 총수면 시간을 구한다. 이를 일주일로 나누면 하루 평균 수면이 나온다. 평균 수면을 구해서 하루에 30분씩 줄여서 무리가 없으면 줄여간다. 그래서 몸에 무리가 가면 그 전날 수면 시간이 최적 수면 시간이 된다. 최적 수면 시간을 습관화하면 집중력을 높일 수 있다.

7. 잠이 부족하면 줄일 것을 찾아야 한다.

잠이 부족하면 수업에 대한 집중력이 떨어질 수밖에 없다. 따라서 충분한 수면을 확보하기 위해서 줄일 수 있는 것을 줄여야 한다. 학원 수업이나 인터넷 수업으로 인해 최적 수면에 지장을 초래할 정도라면 학원 수업 시간을 과감하게 줄여야 한다.

8. 취침 전 시간을 활용한다.

수면 시간을 줄이는 것보다는 취침 전 시간을 잘 활용하는 것이 좋다. 뇌는 잠들기 1, 2시간 전에는 뇌의 활성도가 가장 높은 시간이다. 따라서 잠들기 3시간 전쯤에는 귀가해서 씻고 집중적으로 공부하면 좋다. 특히 꼭 외워야 할 것이나, 중요한 개념이나, 이해가 잘 안 되는 내용들을 모아서 공부한다면 효과가 높다.

주변 정리가 집중력을 높인다

정리 정돈하는 습관은 사소해 보이지만 우리 삶에 아주 큰 영향을 미친다. 공부도 마찬가지다. 공부 잘하는 학생들은 정리의 중요성을 꼭 논하고 있다. 공부를 지배하는 것이 정리이기 때문이다. 책상이 어지러우면 집중이 안 되어 공부가 안 되기도 하고, 평소에 제대로 정리해 놓지 않아서 책상 위에는 처리해야 할 노트와 책이 가득 쌓여 있기 때문에 중요한 물건을 어디다 두었는지 몰라서 허둥대는 경험을 누구나 했을 것이다.

뉴햄프셔대학의 택케트 박사는 현대인의 스트레스를 연구하던 중 일상에서 반복되는 정리 정돈으로 인한 심리적 부담감이 스트레스로 연결된다는 점을 착안하여 《정리형 인간》이라는 책을 썼다. 이 책에서는 정리형 인간이 되면 쫓기는 인생에서 탈출할 수 있을 뿐만 아니라 집중력과, 안정되고 여유 있는 생활이 바로 정리 정돈의 생활습관에서 나온다고 하였다.

실제로 공부를 잘하는 학생들의 특징을 보면 책상이나 작업 공간이 깨끗하게 정리가 잘되어 있다. 주변 정리 전략이란 공부를 하기 전이나 공부가 끝난 후에 주변 정리를 잘해야 공부가 효과적으로 이루어질 뿐만 아니라 공부를 효율적으로 할 수 있도록 하는 것을 말한다.

실제로 똑같은 작업을 가지고 깨끗한 곳에서 일한 사람들과 지저분한 사람들의 생산량을 비교해 보았더니, 깨끗한 곳에서 일한 사람들의 생산성이 1.5배 가량 높았다고 한다. 처음에는 주변 정리를 하지 않기 때문에 주변 정리를 하면서 공부하는 사람들보다는 빠르게 시작할 수는 있지만, 공부가 시작되면 지저분한 곳에서 공부하는 사람들은 계속 주변 환경에 시선이 가게 되고, 뭔가 마음이 편하지 않기 때문에 공부에 몰두하기가 어렵다고 한다.

후자처럼 말을 하는 사람들도 그렇다. 아무리 지저분한 곳에서 공부해도 자기가 필요한 자료가 어디에 있는지를 정확히 기억하고 있기 때문에 문제가 되지 않는다는 것은, 머릿속에 그 많은 자료들이 어디에 있는지 일일이 기억해야 하기 때문에 당연히 공부에 전념하기가 쉽지 않다.

따라서 주변 정리를 하게 되면 좁은 책상이 더욱 넓어지며, 공부 중에 필요한 책이나 도구들이 어디 있는지를 정확히 알기 때문에 공부 시간을 단축하게 해준다.

1. 책상 위를 말끔히 치운다.

열정적인 에너지를 가지고 공부에 집중하고 싶고, 그로 인해 성과를 얻고 싶으면 책상 위를 말끔히 치우기부터 시작해야 한다. 그러기 위해선 웬만한 것은 아까워하지 말고 버릴 줄 알아야 한다. 너무 오래 한 곳에 두어서 눈에 익숙하긴 하지만 평소에 절대 사용되지 않는 물건들이 많다. 그것들을 버리지 못하고 쌓아두기만 한다면 그만큼 스트레스도 팍팍 쌓여가게 되어 오히려 공부에 방해가 된다.

2. 이전에 쓰던 것은 모두 치운다.

새로운 공부를 시작하게 되면 이전의 수업에서 사용하였던 모든 것들을 정리할 필요가 있다. 정리 정돈을 할 때는 꼭 사용할 물건만 남기겠다는 강한 의지와 함께 필요 없는 것들을 과감하게 정리한다.

3. 공부가 끝나면 바로 정리하라.

공부를 하면 그에 따라 여러 가지 자료가 생긴다. 교과서나 참고서, 노트 등으로 책상은 온통 수라장이 되기 쉽다. 그때그때 정리하지 않으면 금방 쌓인다. 따라서 일단 수업이

끝나면 다음 수업에 필요한 자료를 제외하고는 모두 정리하
는 것을 습관화해야 한다.

주의 집중의 적 스트레스

"기가 막혀 죽겠네."라는 옛말이 있다. 이 말은 바로 스트레스를 받아서 죽겠다는 의미다. 실제로 스트레스를 받게 되면 맥이 막혀 소화도 되지 않고 두통이 생기면서 가슴이 답답해지는데, 여기서 더 심해지면 머리에 혈압이 올라서 뇌졸중으로 사망에 이르기도 한다. 결국 스트레스를 받으면 기가 막히고 죽음에 이르게 된다는 말이다.

최근의 한 조사에 따르면 고등학생의 86.4%가 시험 스트레스에 시달리고 있다고 한다. 그뿐만 아니라 우리나라 청소년 자살의 원인 중 한 가지로 '공부 스트레스'를 꼽을 만큼 대학 입시 위주의 과도한 학업 열풍은 학생들에게 엄청난 압박을 주고 있다. 실제로 스트레스가 많은 수험생은 시험 때가 되면 식은땀이 나고 불안해서 열심히 공부한 것이 기억나지 않는다고 한다. 스트레스가 심하면 성적이 제대로 나오지 않는 것은 당연하고 학습 효과도 기대할 수 없다. 그러나 스트레스는 긍정적인 기능과 부정적인 기능을 함께 가지고 있다. 스트레스는 동기를 부여하고 창조적인 활동을 하게 하는 긍정적인 자극이 될 수도 있고, 심신을 허약하게 만들거나 싫고 기분 나쁜 부정적인 스트레스가 될 수도 있다. 또한, 스트레스는 똑같은 상황에서도 사람마다 받아들여지는 강도가 다르므로 개인에 따라 그 반응도 다르다.

건강한 상태에서의 적절한 스트레스는 공부의 능률을 올릴 수 있으나 허약한 상태에서는 작은 스트레스로도 현저히 공부의 능률을 저하시킬 수 있다. 따라서 수업에 집중하기 위해서는 스트레스를 줄이고 나아가 스트레스를 관리하는 방법을 알아 두어야 할 것이다.

학생들은 해야 할 공부와 시험을 통한 평가가 반복되기 때문에 중압감과 스트레스가 늘 따라다닌다. 공부가 뜻한 대로 진행되고 시험 성적도 늘 원하는 만큼 나온다면 좋겠지만 결코 쉬운 일이 아니다. 많은 학생들이 대학을 가기 위해 하기 싫은 공부를 억지로 한다. 그 결과 스트레스가 생기는 것이다. 학생 스트레스는 자극에 더 민감한 여학생이 남학생보다 높으며, 저학년보다는 고학년이 시간적 중압감으로 인해 스트레스를 더 받는 것으로 나타난다.

학생들에게 스트레스가 생기는 이유는 다가오는 시험 일

정에 대한 압박감과 과도한 공부 일정으로 인한 수면 부족, 그로 인한 체력 저하, 어른이 되는 과정에서 겪어야 하는 온갖 성장병이성에 대한 관심과 성적 호기심, 가치관과 자기 정체성에 대한 혼란, 미래에 대한 불안들이 심리적인 압박이 되어 다가오기 때문이다. 여기에다 학교와 사회, 가정에서의 온갖 중압감은 학생으로 하여금 숨 돌릴 틈을 주지 않는다.

더구나 신체적으로는 어른과 다름없지만 정신적으로는 아직 미숙하기 때문에 그들이 겪어야 할 일상의 중압감은 어른보다 훨씬 더하다. 그러므로 학생에 대한 어른들의 주의는 각별해야 한다. 오랫동안 방치하면 육체적인 큰 질병으로 발전할 수 있고 정신적으로 심각한 후유증을 남길 수 있다.

1. 스트레스를 다스리고 공부를 즐기는 방법

스트레스는 마음의 병이다. 똑같은 상황에서도 개인의 성향과 심리적 대처 능력에 따라서 스트레스를 받는 정도가 크게 차이가 난다. 즉 스트레스는 개인차가 크다. 그러므로 스트레스는 그 자체로 문제가 되는 것이 아니라 이를 어떻게 받아들이느냐에 따라 그 심각성이 달라진다. 수능 성적이 저조한 학생이라고 모두 자살하는 것은 아니다. 외부 환경에 대한 수용 태도가 문제가 된다. 스트레스는 관리할 수 있는 대상이며, 그렇지 못할 경우 스트레스와 관련된 육체적 질병에 감염된다는 점을 기억하고 이에 대한 대처 능력을 키워야 할 것이다.

• 스트레스를 잘 받지 않는 사람의 특성 익히기

일반적으로 스트레스에 대처하기 좋은 방법으로 우선 스트레스를 잘 받는 사람과 받지 않는 사람의 특성에 대해서 알고, 스트레스를 받지 않는 사람의 특성을 습관으로 길들이는 것이 중요하다.

[표 2-1] 스트레스를 잘 받는 사람과 잘 받지 않는 사람

	스트레스를 잘 받는 사람	스트레스를 잘 받지 않는 사람
성격	내성적	외형적
	부정적	긍정적
	강박	여유
	주관적	객관적
	예민한 사람	둔한 사람
	이기적	이타적
	완벽	대충
경험	적음	많음
식사 습관	인스턴트 음식	자연 음식
체질	태음인과 소음인	태양인과 소양인

사람은 성격, 경험, 식사 습관, 체질 등에 따라 똑같은 사건에 똑같은 경험을 해도 스트레스를 받아들이는 강도는 사람

마다 다르다. 선천적으로나 후천적으로 신경이 예민한 사람, 외부 자극에 민감한 사람은 사소한 자극에도 심한 상처를 받게 되고, 부정적인 생각으로 걱정하는 습관이 있는 사람은 사건 자체를 확대하여 받아들인다. 따라서 평소 스트레스를 잘 받는 학생이라면 학생 스스로 스트레스가 되는 요인을 구체적이면서도 정확하게 인식할 수 있도록 하고, 지금까지 자신에게 가해진 스트레스가 스스로 키운 것이라는 것을 알아야 한다.

• 대화를 통해 스트레스 날리기

누군가와 대화하는 것은 억눌러 있던 나쁜 감정을 해소하는 좋은 방법이다. 친구 혹은 가족과 함께 자신의 스트레스를 나누고 위로와 격려를 받다 보면 스트레스가 경감되는 것을 느낄 수 있을 것이다.

• 공부의 우선순위 정하기

넘쳐 나는 공부 분량과 과제로 인해 스트레스를 받는다면 해야 할 일들의 우선순위를 세우는 것이 좋다. 해야 할 일과 하지 않아도 될 일을 순서대로 정리하다 보면 마음의 여유와 함께 삶에 있어 중요한 일이 무엇인지 분별할 수 있는 지혜도 얻을 수 있다.

2. 스트레스 해소 방법

- 하루에 한 번은 가볍게 규칙적인 운동을 하여 신체의 스트레스를 풀어 준다.
- 공부 목록을 만들어서 우선순위를 정한 다음 가장 중요한 공부부터 먼저 하도록 한다.
- 커피나 콜라, 인스턴트식품 등 가공된 고열량 음식보다는 채소, 생선, 과일 등 비타민과 단백질이 많이 함유되어 있는 음식을 섭취하도록 한다.
- 공부나 시험을 보기 전에 심호흡, 명상, 스트레칭, 독서 등 신체와 마음을 이완시킬 수 있는 방법을 시행해 보도록 한다.
- 자신을 도와줄 수 있는 절친한 친구, 선배, 부모님으로부터 도움을 얻을 수 있도록 노력한다.
- 공부하는 도중에 적절히 휴식 시간을 갖도록 한다. 휴식 시간에는 가벼운 맨손체조나 심호흡을 하여 신선한 산소를 충분히 보충해 주도록 한다.
- 술과 담배의 유혹을 이겨낸다. 술은 문제 해결 능력과 학습 능력을 저하시키며, 흡연은 스트레스 해소에 전혀 도움이 되지 않고 오히려 건강만 악화시킨다.

공부에 대한 여러분의 스트레스 정도를 검사하는 것입니다. 다음 질문에 솔직하게 대답해 주기 바랍니다. 해당 문항이 맞으면 '예'에, 맞지 않으면 '아니요'에 체크해 주세요.

	나의 스트레스는 어느 정도일까요?	예	아니오
1	시험만 생각하면 걱정 때문에 불안해서 공부가 안 된다.		
2	시험을 앞두면 신경이 날카로워져 소화가 잘 안 된다.		
3	시험을 앞두면 잠이 깊이 들지 않고 도중에 깰 때가 있다.		
4	시험지만 받으면 앞이 깜깜해지고 답이 안 보인다.		
5	답안지에 답을 적는 순간에도 손발이 떨린다.		
6	시험이 끝나고 집으로 돌아갈 때 힘이 빠진다.		
7	공부만 하려고 하면 소화가 안 된다.		
8	공부 때문에 때때로 머리가 아프다.		
9	공부만 생각하면 자신감이 떨어진다.		
10	부모님의 공부에 대한 강요 때문에 공부가 싫다.		
11	부모님의 공부에 대한 간섭으로 공부하는 척한다.		
12	선생님 때문에 싫어하는 과목이 생겼다.		
	'예'에 답한 총 개수 ( ) 개		

수업 몰입

• 9~12개 : A 유형－스트레스가 너무 많군요.
• 5~8개 : B 유형－스트레스를 많이 느끼고 있네요.
• 0~4개 : C 유형－심신이 양호한 편이네요.

1~3번 질문은 시험을 앞둔 상태의 스트레스를 말하고, 4~6번 질문은 시험을
볼 때 느끼는 스트레스를 말하며, 7~9번 질문은 공부 자체에 대한 스트레스
를 말하고, 10~11번 질문은 부모님에게 느끼는 스트레스를 말하며, 12번 질문
은 선생님에게 느끼는 스트레스를 말한다.

[A 유형]

• 스트레스가 너무 많아서 스스로 치유하기 어려우므로 스트레스 전문의
  나 전문가와 상담하도록 한다.

[B 유형]

• 스트레스를 많이 느끼고 있는 상태로 스트레스 때문에 몸의 컨디션이
  무너질 우려가 있으므로 그대로 방치해서는 안 되고, 스트레스를 해소
  하거나 다스리기 위하여 노력해야 한다.
• '예'라고 답한 것만 찾아서 마음을 편하게 갖도록 해야 한다.

[C 유형]

• 0에 가까울수록 심신 건강 상태가 양호한 편이고, 4에 가까울수록 스트
  레스를 주의해야 한다. 아무리 작은 스트레스라도 스트레스가 증가하면
  공부에 집중하기가 어려워진다.
• '예'라고 답한 것만 찾아서 마음을 편하게 갖도록 해야 한다.

집중이 안 되면 공부 습관을 바꿔라

미국의 저명한 심리학자 제임스W. James는 인간은 습관의 묶음으로 이루어진 존재라 칭하면서 "생각이 바뀌면 행동이 바뀌고, 행동이 바뀌면 습관이 바뀌고, 습관이 바뀌면 인격이 바뀌고, 인격이 바뀌면 운명까지 바뀐다."라고 하였다. 그는 이 문장을 통해 생각과 습관의 중요성을 역설하고자 하였다.

우리가 어떤 습관을 갖느냐에 따라 공부에 대한 주의 집중력도 달라지게 된다. 주의 집중력을 높이기 위해서는 좋은 공부 습관을 갖는 것이 중요하며, 그 방법은 다음과 같다.

1. 우선순위를 결정한다.

시간이 부족하다고 생각하는 학생들은 대부분 공부할 것이 너무 많다는 불평을 한다. 그러나 그런 학생들은 보통 중요하지 않은 공부를 중요하다고 생각하거나, 굳이 하지 않아도 될 공부까지 혹시나 하는 불안감 때문에 붙잡고 있는 경우가 많았다.

이런 경우는 공부의 우선순위와 우선순위를 결정하는 방법을 알려 주면 쉽게 해결할 수 있다. 자신이 하루에 해야 할 공부를 미리 적은 다음 그중에서 가장 우선시해야 할 공부를 순서대로 정한다. 그리고 하지 않아도 될 공부나 나중에 해도 되는 공부를 스스로 결정하다 보면 시간을 효율적으로 사용할 수 있는 방법을 조금씩 터득하게 된다.

공부할 때는 가장 효율적으로 진행할 수 있는 순서를 미리 정해 두는 것이 좋다. 그 순서대로 공부를 진행하면 확실하게 마무리 지을 수 있고, 다음에 같은 공부를 해야 하는 경우에는 공부의 순서를 알기 때문에 안심하고 쉽게 진행할 수 있다. 또한, 지금 하고 있는 공부가 끝난 다음에 무슨 공부를 해야 하는지 정확하게 알고 있기 때문에 지금 하는 공부에 열중할 수 있다. 반대로, 정해 놓은 순서 없이 공부를 하게 되면 설령 한 가지 공부를 끝냈다고 하더라도 '다음에 무슨 공부를 하면 좋을지' 몰라 우왕좌왕하게 된다.

만약 예측 불허의 긴급한 공부거리가 생겼을 때는 지금 하고 있는 공부보다 우선시해야 하는가를 생각해 보고, 막중한 경우에는 새 공부를 시작하고, 그렇지 않은 경우에는 하던 공부를 계속한다.

2. 감당할 수 없는 공부는 시작하지 않는다.

사람들은 대부분 어떤 공부가 주어지면 어느 정도의 시간이 걸려야 해결할 수 있다는 감을 잡을 수 있다. 공부에 따라서 짧은 시간에 금방 처리할 수 있는 공부가 있는 반면에 아주 오랜 시간이 걸려도 달성하기 힘든 공부가 있다. 짧은 시간에 처리할 수 있는 공부는 어떻게 해도 좋지만, 너무 오랜 시간이 걸리는 공부는 하기 전에 반드시 고려해야 할 것이 있다.

우선 자신이 감당하기 어려운 공부는 시작하지 말아야 한다. 또한, 한 가지 공부에 필요 이상의 시간이 들어가거나 앞으로도 무한한 시간을 들여야 한다는 판단이 들었을 때는 마음이 아프더라도 단념하는 것이 주의 집중력을 높이는 데 도움이 된다.

3. 어려울 때는 확실히 포기한다.

공부가 진행되는 중이라도 시간이 너무 많이 든다면 내가 꼭 해야 할 공부인지 아닌지를 다시 생각해 보고 결정해야 한다. 계획상 또는 내가 성공하기 위해서 해야 할 공부라면 꼭 해야 하지만, 그렇지 않을 경우에는 중간에 포기하는 것이 오히려 시간 관리를 효율적으로 하는 방법이 된다.

너무 오랜 시간이 걸리는 공부를 하다 보면, 다른 공부를 전혀 못하게 될 때가 있다. 그만한 가치가 있다면 당연히 해야겠지만, 가치가 없는데도 그저 하던 공부에 전력투구하는 것은 필요한 공부를 하지 못하게 되는 결과를 초래할 수도 있다. 이럴 때는 오랜 시간을 들여야 하는 공부를 하는 것보다 쉽게 할 수 있는 공부를 우선 해내는 것이 훨씬 효과적일 때가 많다.

4. 완벽주의에서 벗어난다.

공부를 완벽하게 하는 것은 정말 바람직한 일이다. 그러나 문제는 완벽해지기 위해서는 많은 시간이 필요하다는 것이다. 공부를 완벽하게 진행하기 위해서는 노력도 많이 해야 할 뿐 아니라 시간도 많이 할애해야 한다. 그러다 보면 많은 공부를 진행하기가 어렵다. 한 가지 공부를 해야 할 때는 가능하겠지만 많은 공부를 해야 하는 경우에는 완벽주의에서 벗어나 우선은 대략 시작을 해놓는 것이 좋다. 그렇지 않으면 한 가지 공부밖에는 완수하지 못하는 경우가 생기기 때문이다.

심한 경우에는 그릇된 '완벽주의'가 공부의 진행을 방해하기도 한다. 한 가지 공부에만 매달려 시간을 보내다 보면 다음 공부를 추진하지 못하고, 결국에는 어느 것 하나도 제대로 해내지 못하게 된다.

학생들이 학교나 집에 도착해서 공부를 시작하기까지 걸리는 시간이 30분 정도라는 통계가 나와 있다.

학교나 집에 도착하자마자 바로 공부를 시작한다면 하루에 30분 일찍 공부를 끝마치거나, 30분을 더 공부할 수 있다는 결론이 나온다. 따라서 학교에 도착해서 어떤 공부를 시작할지를 결정하기보다는 등하교 도중에 모든 결정을 마치고 학교나 집에 도착하면 바로 공부를 시작하는 습관을 길러야 한다.

맡은 임무를 시작하기로 결정하였다면, 공부를 하는 동안 '나는 어떤 공부든 잘할 수 있다' 는 자신감을 가져야 한다. 공부를 하면서 스스로 공부를 잘 못할지도 모른다는 부정적인 생각을 하게 되면 공부는 부담이 되고, 결국에는 중도에 포기해 버리거나 좋지 못한 결과를 내기가 쉽다. 따라서 공부를 시작하는 순간부터 무슨 공부든 잘할 수 있다는 자신감을 갖고, 공부를 즐기면서 나의 자아 성취감을 위해서 공부를 하는 것이라는 긍정적인 생각을 갖는다면, 공부의 목표를 효과적으로 달성할 수 있을 것이다.

7. 궁금하면 바로 질문한다.

수업 중에 궁금증을 남기면 머릿속에서 그 궁금증이 떠나지 않아 공부하는데 방해가 될 수 있다. 따라서 궁금한 것이 있으면 바로 질문하여 답변을 듣도록 한다. 이렇게 하면 바로 문제를 해결할 수 있을 뿐만 아니라 알고 싶었던 것이기 때문에 기억에도 오래 남는다.

8. 다이아몬드 존의 앞쪽에 앉는다.

자신의 자리가 맨 앞이냐, 뒤냐에 따라서 수업에 임하는 자세가 달라지는 건 당연하겠지만, 공부를 잘한 학생들은 둘 중 어느 쪽이든 마음만 먹으면 공부하는 데는 지장이 없다. 그러나 수업에 대한 집중이 잘 안 되는 학생은 되도록 다이아몬드 존의 앞쪽에 앉는 것이 좋다. 앞자리는 산만한 성격이거나 오래 집중하지 못하는 학생들에게 좋다.

교사를 중심으로 다이아몬드 존에 앉아 교사와 눈도 맞추고 고개도 끄덕여 보면 수업에 훨씬 집중이 잘된다. 다이아몬드 존의 앞쪽에 앉을수록 주변에 신경을 쓰지 않을 수 있어서 수업에 집중하기 좋다. 그뿐만 아니라 선생님들과 의사소통할 수 있는 시간이 많아지고 친밀감을 느끼기가 쉬워 공부가 즐거워진다. 통계적으로 앞쪽에 앉는 학생일수록 성적이 높다. 이는 수업에서 교사와의 의사소통이 그만큼 중요하다는 것을 의미한다.

　앞자리에 앉고 싶은데 좌석 배정이 잘못되어 원하는 자리가 아니라면 선생님께 말씀드려 보는 것도 좋은 방법이다. 앞자리에 앉게 해주실 뿐만 아니라, 공부에 관심이 많은 선생님이라면 신경을 많이 써주실 것이다.

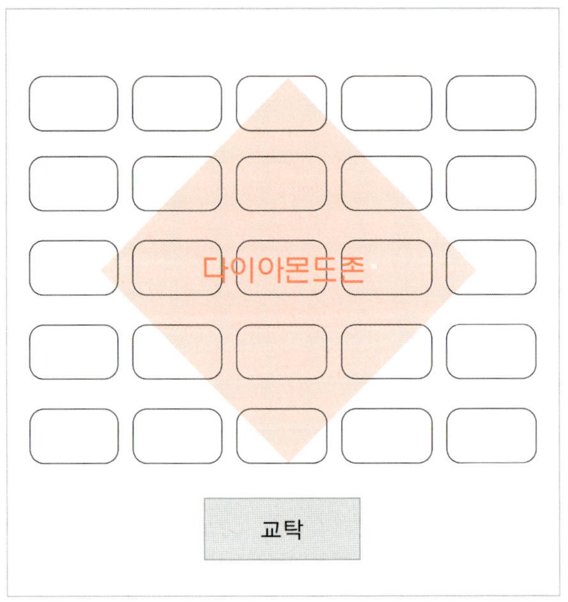

듣는 자세가 집중력을 키운다

학생들이 학교에서 보내는 시간 중에서 앉아 있는 시간이 가장 많다. 따라서 앉은 자세로 보내는 시간이 상당하기 때문에 이것이 건강에 미치는 영향이 클 뿐만 아니라 수업에 집중하는 것에도 큰 영향을 미친다. 자세가 바르면 바를수록 건강을 지킬 수 있으며 집중력이 높아지기 때문이다.

학생들이 수업 중에 턱을 괴거나 구부정하게 앉은 자세로 앉아 수업을 듣다 보면 팔과 어깨에 무게 중심이 쏠리고 쉽게 피로감을 느끼게 된다. 다리를 꼬고 앉거나 몸을 한쪽으로 기울이는 습관은 자세가 불안정해지고 척추와 골반을 비뚤어지게 한다. 그리고 팔베개를 하거나 엎드리면 칠판으로부터 시야가 멀어져 주의가 산만해질 수밖에 없으며, 잠이 오기 때문에 수업 시간에 졸게 된다. 심한 경우에는 연필을 돌리거나 다리를 떨면 신경이 분산되어 이런 자세로 장시간 앉아 있으면 수업에 제대로 집중하기 어렵다. 자세가 흐트러지게 되면 본인에게만 피해를 주는 것이 아니라 다른 친구들에게도 영향을 줄 수 있으므로 수업 중에는 바른 자세를 유지하는 것이 좋다.

실제로 이러한 자세를 오래 유지하면 근육이 긴장이 되고, 정신도 함께 긴장이 되므로 수업에 집중하기 어렵다. 그뿐만 아니라 의자에 앉는 자세는 신체의 여러 기관과 역학적인 관계를 맺고 있는데, 불량한 자세로 오래 앉게 되면 신체의 균형이 깨져 피로와 여러 가지 질환의 원인이 되기도 한다. 특히 성장기에 있는 학생들은 균형 잡힌 신체의 성장을 위해서라도 바른 자세를 취하는 습관을 가져야 한다.

공부하는데 주의 집중력을 높이기 위해서는 바른 자세로 앉아서 하는 것이 좋다. 가장 좋은 자세는 의자에 허리를 펴고 허벅지와 무릎이 직각이 되도록 바른 자세로 앉는 것이다. 턱은 아래로 당기되 힘을 빼고 책을 볼 때는 고개를 너무 숙이지 않는 것이 좋다. 또한, 책과 눈 사이 거리를 30cm 정도 두고 읽는 것이 좋다. 책 받침대를 사용하면 책과 적정한 눈높이를 맞출 수 있어 눈과 목 부분에 가중되는 피로감을 덜 수 있다.

자세를 바로 했는데도 불편하면 책상의 높이가 적당한가를 알아봐야 한다. 책상이 너무 낮으면 구부정한 자세가 돼

불편할 수밖에 없고, 책상이 너무 높으면 양어깨에 힘이 가
중되기 때문에 경직된 자세로 수업을 들어야 한다. 따라서
사용하고 있는 책걸상이 불편하다고 느껴진다면 다른 친구의
것과 교환해 보는 것도 좋은 방법이다.

의자에 앉는 자세는 오랫동안 굳어진 습관의 결과이므로
한 순간에 쉽게 고쳐지지 않는다. 따라서 자신의 앉는 자세
가 잘못됐다면 의도적으로 고치려는 마음가짐과 함께 최소한
2달 정도는 바른 자세를 유지하도록 해야 한다. 쉽게 원래의
자세로 돌아가게 되면 책상 위에 바른 자세에 대한 사진이나
그림을 붙여두고 볼 때마다 스스로 자세를 교정하는 것도 좋
은 방법이다. 앉는 자세를 바르게 해야 수업에 대한 집중도
가 높아지고 성적도 좋아질 것이라고 하는 기대감을 가지고
노력하다 보면 바른 자세가 습관이 될 수 있다.

유혹을 떨쳐야 주의 집중력이 생긴다

주의 집중력은 말 그대로 한 곳에 온 정신을 몰두하는 것이다. 하지만 우리 주변에는 주의 집중력을 방해하는 요소가 많다. 예를 들어 휴대전화, 텔레비전, 컴퓨터, 친구와 같은 외부적인 요소나 실망, 걱정, 흥분과 같은 내부적인 요소들은 온전히 우리가 한 곳에 집중할 수 없도록 한다.

실제로 학생들은 수업을 듣는 도중 집중력을 떨어뜨리게 하는 유혹을 많이 받는다. 공부를 잘하는 학생들도 유혹을 받지만 이들은 스스로 자신을 유혹하는 것이 무엇이지를 정확히 알고 문제를 해결하기 위해 노력하였기 때문에 지금의 위치에 와 있는 것이다. 수업에 열중하겠다고 마음먹었다면 자신의 수업을 방해하는 유혹들을 찾아서 제거해야 한다. 수업 중에 주의 집중력을 높이기 위해서는 우선 주의 집중력을 방해하는 요소가 무엇인지 파악하고 이를 제거하는 노력부터

해야 한다. 다음은 주의 집중력을 방해하는 요인을 환경적 요인, 심리적 요인, 학습적 요인, 신체적 요인, 외부적 요인으로 구분한 것이다.

[표 2-2] 주의 집중력을 방해하는 요인

구 분	내 용	
환경적 요인	• 정리되지 않은 공간 • 불쾌한 환경	• 사람에 의한 방해 • 소음
심리적 요인	• 무기력한 태도 • 건망증 • 우유부단함 • 과도한 의욕	• 개인적 혼란 및 걱정 • 다른 사람의 말을 못 알아들음 • 실천력 부족 • 일어나지 않은 일에 대한 과도한 걱정
학습적 요인	• 완수하지 않은 공부의 방치 • 매사 불분명한 정의 • 불분명한 목표	• 과도한 공부 • 뒤로 미루는 습관 • 엉성한 계획
신체적 요인	• 피로	• 수면 부족
외부적 요인	• 불필요한 대화 • 우선순위의 변경과 충돌 • 휴대전화 • 음식 • 부모의 심부름	• 커뮤니케이션 부족 • 컴퓨터 게임 • 텔레비전 • 놀이 • 분쟁(다툼)

위의 표를 보고 수업 중에 자신의 집중력을 방해하는 요소가 무엇인지를 체크하여 주변에서 하나둘씩 제거해 나가다 보면 결국 수업에 집중할 수 있게 된다. 당장은 잘 안 되더라도 공부의 목표에 도달했을 때의 기쁨을 생각하면서 지금 조금 불편한 것을 감수하겠다는 신념으로 노력을 반복하라. 그러다 보면 어느새 최적화된 상태로 공부하고 있는 자신을 발견하게 될 것이다.

집중하려면 나태함과 뒤로 미루는 습관을 버려라

　나태에 대한 사전적 의미를 보면 행동, 성격 따위가 느리고 게으른 것을 말한다. 이러한 나태함은 선천적으로 가지고 태어나기보다는 후천적으로 가정이나 사회, 문화적 환경의 영향을 받아서 굳어지는 경우가 많다. 나태한 학생들은 수업에 집중하기보다는 다른 생각으로 시간을 보낼 때가 많다. 나태함은 단순히 사람을 게을러 보이게 할 뿐만 아니라 시간을 낭비하게 하는 시간 도둑이라는 데 문제가 있다.

　수업을 열심히 듣던 학생도 어느 순간 수업에 지쳐서 공황 상태가 장기화되면 나태함에 빠질 수 있다.

　"나도 골프가 싫을 때가 있다."

　골프 황제 타이거 우즈가 한 말이다. 이처럼 한 분야에서 성공한 사람들도 슬럼프에 빠질 때가 있는데, 이 슬럼프를 슬기롭게 탈출하지 못하면 나태함에 빠지는 것이다.

나태는 아주 교활하다. 나태함에 빠진 사람들은 항상 그럴 듯한 핑계를 대어 나태를 합리화시킨다. 그러나 나태는 항상 결심을 흔들리게 하고 끝내는 주의 집중력을 떨어뜨린다. 이러한 나태함을 극복하는 데 다음과 같은 방법을 활용하면 효과가 있다.

1. 수업에 집중하지 않았을 때의 결과를 상상해 본다.

나태함에 빠져 아무 공부도 하지 않았을 때의 결과를 상상해 본다. 수업에 집중하지 않아서 원하는 학교를 못 간다든지, 선생님에게 꾸중을 듣는다든지, 원하는 성적을 얻지 못해서 가족들에게 실망을 안겨준다든지, 나태함 때문에 친구들과의 약속을 어겨 왕따를 당하는 등의 결과를 생각한다면 '나태함을 끝까지 유지할 것인가?' 아니면 '나태함을 여기서 끝낼 것인가?' 를 결정할 수 있게 될 것이다.

2. 나태함에 대한 보상 체계를 세운다.

나태함에서 벗어나려고 미약하나마 수업에 집중을 하게 되면 그 대가로 스스로에게 보상을 하면 나태함에서 벗어날 가능성이 훨씬 높아진다. 보상은 다양한 형태를 취할 수 있는데, 수업에 집중하게 되면 자신이 좋아하는 영화를 본다거나, 친구를 만나 수다를 떤다거나, 수면을 취하는 것 등이 있다. 이처럼 보상은 대단한 것이 아니라 자신이 원하는 것을 하는 것으로, 나태함에서 벗어나려는 노력을 보일 때마다 주어지면 효과가 높아진다.

3. 나중에 하면 더 쉬울 것인가를 생각해 본다.

수업 시간에는 열심히 듣지 않고 복습할 때 하겠다거나, 뒤로 미루는 순간 무엇을 배웠는지를 몰라 나중에 공부하려고 할 때 아주 잊어버리거나, 그 공부의 성격이나 의미를 다시 찾지 못해 제대로 수행하지 못하게 될 때가 많다. 그리고 같은 양의 공부를 소화하는 데도 수업을 제대로 듣고 하는 것보다 더 오랜 시간이 필요하게 된다. 따라서 수업에서 배우는 것을 뒤로 미루기 전에 먼저 "이 공부를 나중에 하면 더 쉬울까?"라고 자신에게 물어보도록 한다. 그 대답은 대체로 부정적일 것이다. 그렇다면 수업에 집중해야 한다.

4. 수업이 시작되면 바로 듣는다.

수업은 규칙적으로 진행되기 때문에 공부하고 싶은 마음이 생길 때까지 수업을 듣지 않는 것은 위험한 일이다. 수업을 놓치게 되면 결국 수업 시간을 무의미하게 보내야 하고, 다시 스스로 공부하려면 어렵기 때문이다. 공부를 미루는 것은 그 공부가 급하지도 않고 중요하지도 않다고 생각하는 데 있다. 그러나 대부분 주어지는 수업 내용은 시급한 것들이 많다.

따라서 어떤 수업이든 시작되면 바로 들으려는 습관을 가져야 한다. 보통의 경우, 아무리 하기 싫은 일이라도 일단 행동을 시작하게 되면 마음이 홀가분해지고 기분이 좋아진다는 사실이 입증된 바 있다. 따라서 이제는 수업에 집중하는 것을 뒤로 미루려는 기분 따위는 과감하게 묻어 버리고 주어지는 수업이 시작되면 무조건 집중하려는 습관을 기르도록 한다. 공부를 시작한 순간 긍정적인 기운들이 학습 동기를 유발시켜 보다 쉽게 공부를 하도록 도울 것이다.

5. 어떤 수업이든 쉽게 생각한다.

수업이 어렵다고 생각하면서 나중에 해야겠다고 스스로 포기하는 경우가 있다. 어떤 수업이든 어렵게 생각하다 보면 바로 시작하지 않고 조금 쉬었다가, 나중에 여유가 있을 때 해야겠다고 생각하기 쉽고, 이러한 위안을 바탕으로 점차 수업에 집중하지 못하게 된다.

따라서 어떤 수업이든 시작하게 되면 '어렵다' 혹은 '쉽다'라는 개념으로 구분하지 말고, 어떤 수업이든 쉽게 생각하고 시작하도록 해야 한다. 비록 처음에는 시간이 걸리고 따라가기 어려운 수업들도 자꾸 들으려하다 보면 점점 쉬운 수업으로 바뀌는 것을 볼 수 있다. 수업은 듣지 않으려고 해서 어려운 것이지 들으려고만 한다면 어떤 수업이든 아주 쉬운 일이 될 수 있음을 명심하자.

6. 반성의 시간을 갖는다.

수업을 마친 후 수업 참여 과정과 결과에 대하여 반성의 시간을 가짐으로써 수업에 집중하는 습관을 굳히는 계기를 마련할 수 있다. 반성의 시간을 갖는다는 것은, 수업 도중에는 '수업을 진행하는 과정에서 문제는 무엇이 있었는가?' 또는 '수업을 진행하는 과정에서 어려운 점은 무엇이었는가?' 등을 반성해 보고 수업이 끝났을 때에는 '수업의 결과에 자신은 만족하고 있는가?'를 생각해 보는 것이다. 이때 반성의 시간을 통해 얻은 결과물을 적용하여 좋은 학습 결과를 얻는 상상을 하게 하면 학업에 대한 성취욕이 커지고 도전 의지가 강해져 뒤로 미루는 습관을 보다 쉽게 고칠 수 있다.

7. 수업의 진행 과정을 미리 구상한다.

수업을 시작할 때, 수업을 어떻게 받을 것인지 미리 구상하게 되면 강의 내용을 받아들이거나 필기하는 데 도움이 된다. 만약 수업의 진행 과정을 미리 계획하지 않으면, 수업 내용을 놓쳐 뒤로 미루는 경향이 있다. 따라서 어떤 수업이든 시작하기 전에 진행 순서를 계획하고 사안마다 구체적으로 어떻게 해야 할지를 구상해 보면, 한번 시작된 수업은 순서대로 나의 지식으로 내면화될 것이다.

나태 정도 검사

여러분의 나태함 정도를 알아보기 위한 질문입니다. 다음 질문에 솔직하게 대답해 주기 바랍니다. 해당 문항이 맞으면 '예'에, 맞지 않으면 '아니요'에 체크해 주세요.

	나의 나태 정도는 어느 정도일까요?	예	아니오
1	수업을 듣지 않고 있어도 마음이 편하다.		
2	계획대로 수업을 듣지 않아도 마음이 편하다.		
3	자주 공부를 뒤로 미루는 편이다.		
4	수업을 듣는데 뜸을 많이 들이는 편이다.		
5	수업을 들을 때 힘들게 시작한다.		
6	수업을 듣고 나서 반성의 시간을 갖지 않는다.		
7	수업을 들을 때 진행 과정을 미리 구상하지 않는다.		
8	생활이 전반적으로 게으른 편이다.		
	'예'에 답한 총 개수 ( ) 개		

- 6~8개 : A 유형－아주 나태하군요.
- 3~5개 : B 유형－보통이군요.
- 0~2개 : C 유형－아주 부지런하군요.

[A 유형]

- 아주 나태한 학생이다.
- 습관을 바꾸기 위해서 노력해야 한다.

[B 유형]

- 보통인 학생이다.
- '아니요'라고 답한 것만 찾아서 수정한다.

[C 유형]

- 아주 부지런한 학생이다.
- 생활 태도를 그대로 유지해도 좋다.

집중의 효율성을 높이는 자투리 시간 활용 전략

자투리의 사전적 의미는 자로 재어 팔거나 재단하다 남은 천 조각을 의미한다. 하루에 쓸데없이 보내는 시간을 자투리 시간이라고 한다면 우리가 이러한 자투리 시간을 모아서 쓴다면 엄청난 시간을 재투여할 수 있는 시간이 될 것이다. 실제로 1년 동안 활용할 수 있는 자투리 시간을 다 모으면 10일가량 보너스 같은 시간을 얻을 수 있다.

수업 중에도 자투리 시간만 모아서 잘 관리해도 여유 있는 공부를 할 수 있다. 꼭 시간이 많다고 공부가 잘되는 것이 아니라 주어진 시간을 어떻게 하면 짜임새 있게 잘 사용하느냐가 집중력의 관건이 된다. 자투리 시간을 효과적으로 활용하기 위해서는 먼저 자투리 시간을 어떻게 활용할까 하는 계획이 필요하다. 수업 중에 생기는 자투리 시간에 공부를 하면 좋겠지만, 이는 오히려 무리가 될 수 있기에 자투리 시간 중

일부를 공부에 활용하기로 계획을 세워 실천해 보자. 자투리 시간을 활용하여 공부하는 방법을 보면 다음과 같다.

1. 등하교할 때도 공부나 수업 계획을 세운다.

학생들은 집을 떠나 학교까지 버스나 전철을 타고 도달하는 등교 시간으로 족히 30분은 걸린다. 왕복이면 하루에 1시간, 일주일이면 5시간, 1년이면 110시간, 날짜로 따지면 5일에 가깝다. 차 안에서 아무것도 하지 않고 가만히 목적지만 기다리게 되면 자투리 시간을 버리게 되는 것과 같다. 따라서 차를 타고 다니는 통학 시간의 자투리 시간을 이용하여 공부나 수업 계획에 투자한다면 엄청난 효과가 생기게 된다.

차를 타는 것은 목적지에 가기 위한 수단이라고만 생각하지 말고, 이제 차를 타는 것을 교통수단으로만 보지 말고 버스나 전철 안에서도 공부나 수업 계획을 하는 것이다. 연습이 되지 않은 학생에게는 혼란스러워서 하기 힘들지도 모른다. 그러나 재미있는 만화책이라도 보는 연습을 통해서 습관이 되면 버스나 전철 안이 나의 독서실로도 만들 수 있다.

2. 걸어 다닐 때도 수업 계획을 세워라.

우리는 하루를 살다 보면 걷는 일은 항상 있게 마련이다. 쉬는 시간에 화장실을 가거나, 휴식을 취하는 동안에도 최소한의 걸음을 하게 된다. 걸어 다니는 일처럼 사람을 한 가지 일에만 몰두하게 하는 일도 없다. 왜냐하면 걷는 동안에 다른데 신경을 써버리면 사람이나 장애물과 부딪히기도 하고 길을 잘못 들을 수도 있게 하기 때문이다. 그래서 오직 걷는 일에만 몰두하게 된다. 그렇다고 오직 걷는 일에만 몰두하기에는 너무 아까운 것이 걷는 데 드는 시간이다.

그러나 걷는 시간도 생산적으로 활용할 수 있는 방법이 있다. 걸으면서 다른 일을 하기는 어렵지만 생각은 할 수 있다. 따라서 걷는 동안에도 수업을 어떻게 들을까를 미리 계획한다면 수업에서 집중력을 높일 수 있다. 걷는 동안 생각하면 좋은 계획을 보면 다음과 같다.

- 이번 수업 시간에 어떻게 하면 집중을 더 잘할 수 있을까?
- 수업이 시작되기 전에 무엇을 준비해야 하는가?
- 수업이 시작되면 선생님은 어떤 내용을 알려줄까?
- 예습한 내용은 무엇인가?
- 수업 중에 질문할 것은 무엇인가?
- 이번 수업에서 가장 중요한 부분은 어떤 것일까?

걷는 동안 쓸모없이 보내는 자투리 시간에 수업 계획을 세우면 교실에 도착해서 바로 수업에 몰입할 수 있기 때문에 쓸모없는 자투리 시간이 생산적인 시간으로 변하게 할 수 있다.

3. 점심시간을 활용한다.

점심시간은 통상 1시간 정도 주어지나, 식사하는데 소요하는 시간은 길어야 20분 정도다. 따라서 나머지 40분을 어떻게 활용할 것인지 수업 계획을 세워 예습이나 복습하는데 사용한다면 매주 200분, 한 달이면 14시간을 공부에 사용할 수 있다. 점심시간을 이용해서 오전 수업에 들은 내용 중에서 부족한 내용을 보충하거나 오후 수업에 들을 내용 중에서 부족한 과목을 예습하면 매우 유용하게 사용할 수 있다.

4. 화장실에 있는 시간을 활용한다.

사람은 매일 화장실을 몇 번이고 가야 하는 생리적 현상을 가지고 있다. 하루에 3번 정도 화장실을 간다고 가정했을 때 대변을 보는 시간이 5분, 소변 보는 시간을 1분씩만 잡아도 7분을 화장실에서 보낸다. 1달이면 210분, 시간으로는 3시간 반이다. 1년이면 36시간, 즉 하루 하고도 반나절을 화장실에서 보내는 것이다. 이처럼 화장실에서 보내는 시간이 바로 우리가 주의해야 할 자투리 시간이다.

소변이야 시간이 짧아서 어쩔 수 없지만 대변을 볼 때 화장실에 앉아서 아무 생각 없이 있지 말고 하다못해 신문이나 독서라도 해보자. 그러면 1년이면 하루 반나절을 자기 자신을 위해서 쓸 수 있는 시간이 된다. 따라서 남들이 의미 없이 보내는 화장실에서의 시간을 독서라도 한다면 남들보다 인생을 길게 의미 있게 보낼 수 있다.

소변을 보러 화장실에 가는 순간에도 잠시간의 휴식과 같이 병행한다는 생각을 하면 의미 없이 보내는 시간보다는 의미가 크다고 할 수 있다. 나아가서 휴식뿐만 아니라 화장실을 다녀오는 시간 동안 방금 전까지 했던 공부에 대하여 상황을 체크해 보고, 화장실에서 나가 책상 앞에 앉으면 다시 무슨 공부를 할까 고민하다 보면 자연적으로 화장실에서 보내는 자투리 시간이 수업에 대한 집중 효과를 보게 된다.

5. 쉬는 시간에 충실하자

수업 중에 쉬는 시간은 10분밖에 안 되는 시간이지만 이 시간에 복습을 해두면 따로 복습 시간을 만들지 않아도 된다. 예습은 최소한 5분 전에만 미리 앉아서 제목을 보고 뭐가 나올까를 상상해 보고, 학습 목표를 읽어 보고, 제목만 살펴봐도 큰 도움이 된다. 복습은 수업이 끝난 후 5분만이라도 투자하여 이번 시간에 배운 내용 중에서 무엇이 중요하고, 무엇이 새로운 내용이었는지를 읽어 보고 체크해 놓는 것만으로도 큰 효과를 볼 수 있다.

6. 전화 통화도 계획을 세워한다.

요즘 통신기기의 발달과 함께 휴대전화로 많은 일들이 진행된다. 특히 휴대전화의 전 국민 보급화 현상에 따라 수시로 전화가 걸려와 오히려 일을 하는데 방해가 되는 경우가 많다. 무작정 전화가 오면 하던 일을 정지하고 전화만 받게 되어 손해가 이만저만이 아니다. 따라서 공부하는 도중에 전화가 오면 최소한의 통화만 하고 다시 공부에 집중해야 공부를 할 수 있다. 통화를 빨리 끝내고 싶으면 앉아서 하지 말고 서서 통화해 보라. 그럼 통화를 빨리 끝낼 수 있다.

중요하지 않은 전화라면 공부하지 않을 때 한데 모아서 전화를 해보자. 식사하러 가는 도중, 식사를 기다리는 도중, 화장실에 가는 도중, 화장실에 있는 동안 남에게 피해를 주지 않는 범위에서 한다면 일부러 공부하는 시간을 버리면서 전화를 하지 않아도 된다.

7. 야간 자율학습 시간을 활용한다.

많은 학교에서 야간 자율학습을 실시하고 있다. 하지만 야간 자율학습 시간을 제대로 활용하기보다는 숙제를 하거나 밀린 잠을 몰아서 자기도 한다. 공부를 해도 학습 계획을 세워서 하기보다는 아무거나 되는대로 공부를 하게 된다. 결국 목표 없는 공부는 좋은 결과를 얻기 어렵다. 시간이 부족해서 매일 쫓기는 학생들은 야간 자율학습 시간을 이용하여 복습과 예습으로 활용하는 것이 시간을 효율적으로 사용할 수 있다.

8. 주말을 활용한다.

세상의 모든 생명체는 일정한 활동 뒤에는 반드시 쉬도록 되어 있다. 생명체뿐 아니라 기계도 마찬가지다. 하물며 이 세상의 모든 동물 중에서도 가장 정교한 내부 조직과 체계를 지닌 인간은 더욱 그러하다. 특히 정신을 집중하여 공부를 하는 도중이나 일을 완료하게 되면 잠시의 휴식을 원한다. 휴식은 사람을 여유롭게 하기도 하고 새로운 활력을 가져다 준다. 또한, 충분한 휴식을 취해야만 육신과 영혼이 최상의 상태에서 최고의 능률적인 활동을 다시 시작할 수 있게 된다. 따라서 휴식은 공부를 더욱 효율적으로 하는 데 꼭 필요한 요소라고 할 수 있다.

주말을 잘 활용하면 성적을 향상시킬 수 있다. 주말에는 적당한 휴식을 취하기도 해야 하지만 계속 휴식한다면 오히려 학습 능률이 저하될 수 있다. 휴식이 길어지면 길어질수록 타성에 젖게 되고 나태해지기 쉽다는 데 문제가 있다. 나태해지면 다시 일을 시작하려 해도 공부가 쉽게 손에 안잡히거나 매일 해왔던 공부인데도 불구하고 어색하게 느껴지는 경우가 있다. 휴가를 갔다 온 후 공부가 손에 잡히지 않는다고 하는 것이 바로 이러한 이유 때문이다. 예전처럼 공부를 능숙하게 하려면 일정한 시간 동안 적응 시간이 필요하다.

따라서 한 주간에 들은 수업 중에 부족한 부분이 있다면 그건 반드시 이번 주말에 해결해야겠다는 생각을 가지고 부족한 공부를 보충해야 한다. 부족한 공부를 채우는 데는 인터넷 수업을 활용하면 좋다. 한 주 동안 부족한 공부나, 이해하지 못한 개념을 정리하고 복습 위주로 공부하는 게 더 효과적이다.

수업 집중력을 높이기 위한 훈련

주위 집중력이 부족한 학생들은 아래의 훈련들을 지속적으로 하여 집중하는 시간을 줄이면 효과가 있다. 특히 수업 시간이 시작되어도 집중이 되지 않는 학생들은 수업이 시작하기 전에 바로 집중력 훈련을 하여 집중력을 높인 후 수업에 집중하는 것도 좋은 방법이다.

• 잔상 훈련

다음의 그림을 30초간 보고 눈을 감으면 잔상이 나타난다. 잔상이 오래 지속될수록 주의 집중력이 높아진다. 잔상이 나타난 시간을 체크해 보세요.

회차	1	2	3	4	5
시간(초)					

5초 이하인 경우에는 꾸준히 주의 집중력 트레이닝을 해야 합니다. 10초 이상이면 평범한 것이고, 20초 이상이면 주의 집중력이 높은 상태입니다. 오전, 오후, 저녁으로 나누어 활동한 후 자신이 하루 중 어느 때에 특히 주의 산만해지는지를 확인하면 집중이 잘되는 시간대를 찾을 수 있을 것입니다.

• 잔상 : 외부 자극이 사라진 뒤에도 감각 경험이 지속되어 나타나는 상으로서, 촛불을 한참 바라본 뒤에 눈을 감아도 그 촛불의 상이 나타나는 현상 따위를 말한다.

• 글자 찾기 훈련

다음 표 안에는 가부터 커까지의 글자가 있습니다. 순서대로 찾아서 표시를 해 보세요. 찾으면서 시간을 체크해 보세요.

나	서	차	거	라
어	마	저	너	버
아	더	카	커	자
파	러	처	바	하
다	사	타	머	가

회차	1	2	3	4	5
시간(초)					

03

학습 동기가
수업에
몰입하게 한다

    동기는 무엇인가를 하고 싶은 마음 상태로서, 학습 동기란 공부가 하고 싶은 마음을 말한다. 따라서 학습 동기가 생기지 않고는 절대 수업에 집중할 수 없다. 공부는 수업을 듣고 싶을 때 수업을 들어야 주의력과 암기력이 생겨 잘할 수 있는 것이지 억지로 한다고 되는 것이 아니기 때문이다. 수업을 듣고 싶다는 동기 유발이 확실하면 수업에 집중하게 해주는 공부 습관을 만드는 데 50%는 성공한 셈이다.

    학습 동기가 생기면 일단 수업에 관심을 가지게 되고, 흥미가 생기며, 주의력과 집중력이 증대되고, 자아 효능감이 높아지며, 할 수 있다는 자신감이 생긴다. 또한, 학습 의욕을 불러일으켜 학습 활동의 효과를 높이고, 지속적인 학습 욕구를 가지게 한다. 결국, 학습 동기가 높은 아이들은 스스로 열심히 공부한다. 따라서 학생들의 학습 동기는 수업의 집중에 지대한 영향을 미친다.

    학습 동기는 내재적·외재적·개인적·환경적 요인들이 포함되어 다양하게 작용한다. 특히 학습 동기가 높고 낮음은 학생들이 겪어 온 많은 경험과 연관이 있다. 따라서 학습의 동기는 개인마다 다른 요인이 작용되어서 나타나며 그중 흥미가 중요한 영향을 끼친다.

    학습 동기를 구성하는 요소에는 자신을 정확히 아는 자아 정체감 형성하기, 꿈 세우기, 공부를 잘할 수 있다는 자기 효능감 높이기, 공부를 즐겁게 만들어 주는 긍정적 생각 가지기, 공부를 효과적으로 하게 해주는 공부 목표, 공부를 효율적으로 하게 해주는 시간 관리, 성공의 경험을 통해 도전을 키워 주는 성취감 높이기, 수업에 집중하지 못하는 원인을 찾아 해결하는 귀인 검사 등이 있다

학습 동기가 높아야 수업에 몰입할 수 있다고 말하는 S양

S양은 명문 과학고등학교 1학년에 재학 중이다. S양은 중학교 입학 후 집안이 어려워지면서 다니던 학원을 그만두어야 했다. 처음엔 학원에 다니는 친구들을 못 따라갈까 봐 불안하기도 했지만 혼자서 공부한 뒤 오히려 성적이 크게 올라 명문 과학고등학교에 합격했다.

합격의 비결은 자신의 학습 동기에 있다고 말한다. S양은 가정 형편이 어려웠기 때문에 자신이 성공해서 부모님께 효도해야 한다는 생각이 강했다. 그래서 초등학교부터 의사가 되려는 꿈을 가지고 의사가 되기 위해서는 서울대 의대에 진학하고, 고등학교는 과학고등학교에 입학하는 꿈을 구체적으로 세웠다. 이를 위해서 매일 스스로 공부 계획표를 적성하고 매일 얼마나 실천했는지 자신이 직접 점수를 매겨 나갔다.

S양은 가정 형편상 학원을 다니지 못했기 때문에 수업에

100% 의존하였다. 물론 처음부터 수업에 집중하지는 못했다. 다른 학생들은 오랫동안 수업을 듣다 보면 수업 시간에 다른 생각을 하거나 요령도 피웠지만 S양은 달랐다. S양은 수업을 들으면서 과학고등학교에 꼭 입학해야 한다는 강한 학습 동기를 가지고 있다 보니 수업 시간에 집중할 수밖에 없었다. 그리고 의식적으로 선생님이 하는 수업 내용을 하나도 빠짐없이 분석하다 보니 그것이 습관으로 굳어지게 되었다.

S양은 수업을 들으면서 이번 단원에서는 무엇을 집중적으로 공부해야 하는지, 어떤 것이 중요한지를 계속 찾아내 교과서에 체크를 했다. S양은 집에 가면 공부하다 모르는 것이 생겨도 질문할 사람이 없었기 때문에, 수업 중에 궁금한 것이 생기면 선생님에게 바로 질문하는 습관을 가지게 되었다. 그래서 수업 시간에 공부에 대한 모든 문제를 해결하고 공부 방향까지도 설정하려는 노력을 하였다.

S양도 수업 시간에 다른 생각이 들어 집중력이 떨어져 수업을 놓치게 되는 경우도 있었다. 그럴 때마다 내가 조금만 참으면 훌륭한 의사가 되어서 부모님께 효도하는 모습을 상상하였고, 지금 힘든 상황을 극복해야 한다는 생각이 들어서 쉽게 수업에 집중할 수 있었다.

S양이 더욱 수업에 몰입할 수 있었던 것은 수업에 집중할

수록 시험 성적이 좋아졌기 때문이었다. 수업에서 들었던 것이나 자신이 중요하다고 생각하는 문제들이 시험에 많이 출제되면서 공부에 대한 성취감이 높아졌다. 이러한 성취감을 느끼는 것이 좋아서 수업에 더욱 흥미를 느끼면서 집중하게 되었다.

S양의 성공 비결은 수업을 통해서 성취감을 느끼다 보니까 점점 수업에 대하여 흥미도 생기고, 공부에 자신감이 생기게 되었다고 한다.

내재적 학습 동기를 높여라

학습 동기는 공부하고 싶은 욕구를 말한다. 수업에 집중하기 위해서는 공부하고 싶은 욕구가 기본이 되어야 한다. 공부하고 싶은 욕구가 없다면 아무리 좋은 수업도 무용지물이 되기 때문이다.

학습 동기는 내재적 동기와 외재적 동기로 구분된다. 외재적 학습 동기는 일시적으로 학습 동기를 높이는데 탁월하지만, 꾸준한 학습 습관으로 연결하기 위해서는 내재적 학습 동기가 생기도록 해야 한다.

1) 내재적 학습 동기

- 학생 스스로 공부에 대해서 자발적인 흥미나 관심을 갖고 기쁨과 같은 내적 보상에 따라 유발되는 것을 말한다.
- 자발적으로 이루어지도록 하는 자연적인 동기 유발을

말한다.

- 공부 자체가 보상으로 작용하기 때문에 특별한 보상이나 벌이 필요 없다.

2) 외재적 학습 동기

- 행동주의 심리학을 배경으로 출발하였는데, 타인으로부터 받는 칭찬이나 인정, 보상, 사회적 압력, 벌 등의 외적 보상으로 학습 동기를 유발하는 것을 말한다.
- 외적 강화 요인에 의한 것으로서 과제 자체에 대한 관심보다는 활동 과정에서 얻을 수 있는 것에 많은 관심을 둔다.
- 외적 보상이 없어지면 해오던 공부를 하지 않을 수 있다.
- 외적 보상에 대하여 내성이 증가하므로 계속적인 동기 부여를 위해서는 더 좋고 큰 보상이 주어져야 한다.

결국 내재적 학습 동기를 높이는 것이 수업에 즐거운 마음으로 임하도록 하고, 공부하고 싶도록 만드는 것이다. 내재적 동기를 높이는 방법을 보면 다음과 같다.

1. 공부에 대해 호기심을 갖는다.

호기심을 가질수록 수업에 집중하려는 마음이 생긴다. 따라서 수업이 어떨까에 대한 호기심은 수업에 집중해야겠다는 마음을 갖게 하는 데 도움이 된다.

2. 배움이 유익하다는 생각을 한다.

수업을 잘 들어야 공부를 잘하고, 공부를 해야 자아실현의 기회를 제공하고, 인간다운 삶을 사는 데 가장 중요한 요소라는 생각을 갖는다.

3. 수업을 통해 성공할 수 있다는 자신감을 갖는다.

공부를 잘하기 위해서는 자신감을 가지는 것이 중요하다. 따라서 수업을 잘 들어서 원하는 목표에 도달하면 자신이 하고 싶은 일을 할 수 있다는 생각을 가지게 하여 "나도 할 수 있다."라는 자신감을 갖는다.

4. 원하는 목표에 도달하면 스스로에게 보상을 해준다.

수업을 들으면서 원하는 목표에 도달하면 이전에 자신이 하고 싶었던 일들, 즉 휴식을 취하거나, 맛있는 것을 먹거나, 예전부터 가지고 싶었던 물건을 구입함으로써 성취감을 높인다.

5. 모델을 선정하고 닮아가도록 한다.

성공한 사람 중에 닮고 싶은 사람을 정해서 수업을 열심히 듣게 되면 결국은 닮게 되고 성공할 수 있다는 생각을 갖는다.

6. 학습 목표를 지인들에게 알린다.

자신의 목표를 지인들에게 알리면 목표에 도달하려는 책임 의식을 가지게 된다. 예를 들어, 영어 수업 시간을 열심히 듣겠다는 학습 목표를 정하고 주변에 알리면 그 말을 지키려는 노력으로 수업에 집중하게 된다.

7. 목표에 도달하지 못했을 때 스스로에게 벌을 준다.

자신이 목표를 달성하지 못했을 때 벌로 다른 대가를 치르겠다는 약속을 부모나 친구와 해두면 도움이 된다. 예를 들면 잠을 줄이거나, 한 끼를 거르거나, 노는 시간을 줄인다.

8. 책상 위에 격려가 되는 말들을 적어 둔다.

자신에게 긍정적인 영향을 주는 말들을 적어 둔다. 긍정적인 말을 많이 해주는 친구들을 자주 만나는 것도 긍정적인 생각과 동기를 지속하는 데 도움이 된다. 예를 들어 "나는 날마다 모든 면에서 점점 좋아지고 있다.", "나는 영어가 정말 재미있고, 수업 시간에 이해가 잘된다." 등을 붙여 둔다.

9. 수업을 들을 과목에 흥미를 갖는다.

수업을 들을 과목에 흥미를 갖기 위해서는 많은 사전 지식이 필요하다. 따라서 과목 담당 선생님께 왜 그 분야를 전공하게 되었는지, 그 분야에서 정말로 좋아하는 것은 무엇인지, 그 분야에서 성공하면 무엇을 얻을 수 있는지 등을 물어보아 과목에 대한 이해와 흥미를 가지면 공부에 좀 더 매력을 느낄 수 있다.

10. 학습 의욕이 높은 친구들과 사귄다.

학교생활에 열정을 갖고 있거나, 자신의 학습 의욕을 고취시켜 줄 수 있는 친구들과 시간을 많이 갖도록 한다. 그 친구로부터 긍정적인 모습을 배움으로써 자극이 된다.

11. 성공한 미래를 꿈꾼다.

수업을 들어 공부를 잘해 자신의 목표에 도달했을 때를 상상해 본다. 그러면 성취 만족을 기대하면서 현재의 고통과 갈등을 극복하려고 지속적으로 노력하게 된다.

자아 정체감을 확립하면 수업에 집중하게 된다

　꿈이 없는 학생들의 특징은 공통적으로 자아 정체감 형성이 늦은 편이다. 자아 정체감은 자신의 성격, 취향, 가치관, 능력, 관심, 인간관, 세계관, 미래관 등에 대해 지속적으로 인식하고 있는 상태를 말한다. 한마디로 말해서 자아 정체감은 내가 누구인지를 깨닫고, 내가 무엇을 좋아하고, 싫어하는지를 판단할 수 있는 것을 말한다.

　에릭 에릭슨은 자아 정체감을 자아 발달의 최종 단계 발전으로 표현하였다. 에릭슨이 말하는 이 시기는 12~18세의 청소년들로 급격한 생리적·신체적·지적 변화를 경험하면서 자신이 누구이며, 가정과 사회에서의 역할이 무엇인지에 대해 알고자 한다. 또한, 다른 사람의 눈에 비친 자신에 대해 지대한 관심을 갖는 시기이기도 하다.

　내가 누구인지를 깨달아야 세상에서 자신의 역할을 다할

수 있다. 따라서 자아 정체감이 형성되어 있어야 자신의 역할을 찾을 수 있고 꿈을 가질 수 있는 것이다. 자아 정체감이 제대로 형성되어 있지 않다면 역할 혼란을 초래하여 인생을 어떻게 살아야 하는지도 모를뿐더러 꿈을 갖는 것조차 힘들게 된다.

자아 정체감은 이처럼 인생을 행복하게 사는 기준이 될 수도 있고, 불행한 삶을 살게 할 수도 있다. 자아 정체감을 일찍 형성할수록 꿈을 세우는 데 좋기 때문에 늦어도 중학교를 졸업하기 전까지 뚜렷한 자아 정체감을 형성하는 것이 중요하다.

성공한 사람들은 일반적으로 자아 정체감이 중학교 입학 전에 형성된 경우가 많다. 이는 초등학교 고학년이 되면 추상적 사고가 가능하고, 초등학교에서의 막연한 꿈에서 벗어나 구체적인 꿈을 가질 수 있기 때문이다. 자아 정체감을 형성해야만 중학교에서 무엇을 해야 하는지를 알게 되고, 이를 바탕으로 고등학교에서 인문계 또는 전문계를 선택하며, 인문계에서도 이과와 문과를 결정하게 된다. 이는 앞으로 대학 진학 시 학과를 선택하고 직업을 정하는 것까지 연결된다.

그러나 자아 정체감을 제대로 갖지 못하면 학교를 다녀야 하는 이유를 잘 모를뿐더러 성적에 맞추어 대학이나 학과를 선택하게 되고, 직업도 전공과는 별개로 선택하게 된다. 그러다 결국에는 나이가 들어서야 자신이 선택한 것을 후회하게 된다. 결국, 자아 정체감을 갖지 못하면 준비되지 않은 상태에서 성인의 역할을 수행해야 하는 불행을 경험한다.

예를 들면 초등학교 고학년에 들어서 자신의 자아 정체감이 뚜렷하게 형성되면 존경받는 삶을 살아야겠다는 생각이 들고, 이를 바탕으로 구체적인 꿈을 갖게 되어 이를 위해서 중학교 때부터 공부를 열심히 하며, 고등학교에서는 일찌감치 진로를 선택하게 된다. 이후 다른 사람들로부터 존경을 받는 원하는 삶을 살게 되어 소위 성공한 인생이 된다. 반대로 자아 정체감이 뚜렷하게 형성되지 않으면 초등학교에서는 막연하게나마 꿈을 갖지만 중학교에 진학하면서부터는 꿈이 사라지게 되고, 어영부영 중·고등학교 시절을 보내고 대학도 대충 성적에 맞추어서 가다 보니 평생 직업도 제대로 갖지 못해 실패하는 인생이 된다.

자아 정체감을 형성하기 위해서는 자신에 대해서 정확히 아는 것이 중요하다. 이러한 자아 정체감을 형성하는 방법은 누군가의 가르침에 의해서도 이루어지지만 무엇보다 중요한 것은 스스로 깨우치는 것이다. 자아 정체감을 깨우치는 것은 다음과 같은 훈련을 통해서 할 수 있다.

자아 정체감을 깨우치는 훈련

- 자신의 성격을 정확히 파악한다.

- 자신이 무엇을 좋아하고 싫어하는지 취향을 파악한다.

- 자신의 행동에 영향을 미치는 가치관을 정립한다.

- 자신이 무엇을 잘하고 무엇을 못하는지 파악한다.

- 자신의 관심거리가 무엇인지 파악한다.

- 자신이 좋아하는 사람과 싫어하는 사람의 유형을 구별한다.

- 자신의 세계관을 파악한다.

- 자신의 미래가 어떻게 전개될지 예측한다.

자기 효능감을 가지면 수업에 자신감이 생긴다

자기 효능감은 특정한 상황에서 원하는 결과를 얻을 수 있다는 확신을 말한다. 즉 자기 효능감이 높으면 어떤 일을 하던지 자신감을 갖게 될 뿐만 아니라 좋은 결과를 가져오게 된다. 그뿐만 아니라 자기 효능감이 생기면 수업에 얼마나 많은 노력을 기울여야 하는지와 장애물이 생겨도 인내하게 하는 마음을 갖게 해준다. 이러한 긍정적 사고와 행동은 결국 보다 나은 성과로 이어진다.

자기 효능감이 높은 학생들은 스트레스, 신경증, 노이로제에 덜 걸리며, 술이나 기타 약물 등에 중독되는 경우도 더 적다. 자기 효능감이 높은 학생들이 자기 효능감이 낮은 학생에 비해 도전적으로 공부를 하며 오랫동안 지속하고 보다 성공적으로 수행한다. 특히 자기 효능감 수준이 높은 학생들은 도전에 실패할 때 더 큰 노력을 발휘한다고 한다. 따라서 수업에 집중하는 습관을 형성하기 위해서는 자기 효능감을 높여 나가야 한다.

일반적으로 학생들이 자기 효능감을 높이면 수업에 대한 자신감이 증가하게 된다. 수업에 대한 자신감이 생기면 수업에 대해 집중하게 되고, 수업 내용도 쏙쏙 들어오게 된다. 또한, 수업 내용이 어려워도 금방 포기하지 않는다. 자기 효능감이 강한 학생은 모든 수업에 대해서 긍정적 사고를 가지고 있으며, 수업에 집중하는 결과를 낳게 된다. 자기 효능감을 높이는 방법은 다음과 같다.

• 성취 경험

반복된 성공을 통해서 성공 경험이 누적되면 자기 효능감이 증가된다. 따라서 학생이 충분히 달성할 수 있는 작은 목표를 부여하고 이를 성취할 수 있도록 격려하면 자아 효능감이 증가한다.

• 대리 경험

다른 사람이 특정 분야에서 성공을 거두게 되는 것을 보게 되면 "나도 할 수 있어!"라는 자기 효능감이 증가하게 되다. 따라서 이미 성공한 사람들이나 위인들을 모델링으로 하여 대리 경험하게 해주면 자아 효능감이 증가한다.

• 언어적 설득

다른 사람, 특히 선생님이나 부모의 격려나 칭찬이 효능감을 증가하게 한다. 따라서 학생에게 공부를 잘할 수 있다는 것을 확신시키고 설득시키는 것으로 자아 효능감이 증가한다.

• 정서적 안정

불안이나 공포가 찾아오면 원래의 목적을 달성하기 어렵다. 따라서 학생들에게 시험이나 중요한 일을 앞두고 불안해하면 정서적으로 안정을 취할 수 있도록 격려해 주면 자아 효능감이 증가한다.

이 질문의 목적은 여러분 자신에 대한 믿음감과 자신감을 검사해 보고자 하니 솔직하게 대답해 주기 바랍니다. 해당 문항이 맞으면 "예"에 해당 문항이 맞지 않으면 "아니요"에 체크해 주세요.

	문 항	예	아니오
1	공부한 것이 시험에 잘 나오는 편이다.		
2	내가 할 수 있는 것과 못할 것을 확실히 구분할 수 있다.		
3	학습 목표를 세운 대로 공부를 진행한다.		
4	문제를 풀 때, 풀릴 때까지 도전한다.		
5	학습 순서를 정해 차례로 공부할 수 있다.		
6	큰 문제가 생겨도 공부에 집중하는데 문제가 안 된다.		
7	시험을 보기 전에 떨리지 않는다.		
8	중요한 내용이라고 생각하면 시험에 나오는 편이다.		
9	이해가 안 되면 다른 사람에게 물어 본다.		
10	외우기만 하면 기억에 오래 남는다.		
	'예'에 답한 총 개수 ( ) 개		

- 0 ～ 3개 : A 유형
- 4 ～ 7개 : B 유형
- 8～10개 : C 유형

[A 유형]

• 자기 효능감이 상당히 부족한 학생으로 자기 효능감을 높이는 방법으로 집중적으로 지도한다.

[B 유형]

• 추진력이 강한 학생으로 자신이 세운 계획대로 실행하는 유형이다.
• "아니요"에 체크한 부분을 주로 보충한다.

[C 유형]

• 자기 효능감이 강한 학생으로 모든 일에 대해서 긍정적 사고를 가지고 있으며, 긍정적으로 행동함으로 인해서 공부에 대해서도 노력만 하면 긍정적 결과를 낳게 된다.
• "예"라고 답한 것이 많을수록 공부하는 방법을 어느 정도 알고 있기 때문에 지속적으로 노력하는 습관을 만들어 주면 된다.

긍정적 생각이 수업을 즐겁게 한다

수업에 대한 생각을 바꾸지 않는다면 수업을 집중할 수도 없고 지루하기만 하다. 수업에 대해서 긍정적인 생각을 가지면 공부가 재미있어지고 수업을 받는 동안 즐겁다. 반면에 수업에 대하여 부정적인 생각을 가지면 어쩔 수 없이 해야 하는 것이라고 생각하기 때문에 수업이 진행되는 동안 마음이 편할 수 없다. 따라서 수업에 대한 생각을 긍정적으로 바꾸어야 한다. 수업에 대해서 긍정적인 마음을 가지고 하게 되면 수업을 즐겁게 받을 수 있는 마음이 생긴다.

1. 수업을 잘 들으려고 하지 말고 수업을 즐기자.

속담에 천재는 열심히 공부하는 사람을 이길 수 없고, 열심히 공부하는 사람은 공부를 즐기는 사람을 이길 수 없다고 하였다. 수업도 그렇다. 머리가 좋아 수업을 잘 듣지 않는 학생들은 수업을 열심히 듣는 사람을 이길 수 없다. 수업 중에 중요한 것들을 놓치기 때문이다. 그러나 열심히 수업을 듣는 사람들은 최선을 다해 공부하기 때문에 당연히 더 잘할 수밖에는 없다.

사람이 지속적으로 노력하는 것은 어렵기 때문에 수업을 열심히 듣는 사람은 수업을 즐기는 사람을 이길 수 없다. 따라서 어떤 수업을 듣든지 수업을 즐기는 사람은 같은 시간에 더 많은 지식을 받아들일 수 있을 뿐만 아니라, 오랫동안 집중해 나갈 수 있다.

수업을 열심히 들으려는 생각도 중요하지만, 수업을 즐기려는 마음을 가지고 시작하면 오랫동안 즐겁게 공부를 할 수 있어서 공부의 효율성이 증가하고 시간을 단축할 수 있다.

2. 긍정적인 생각으로 수업을 시작하자.

속담에 그렇게 좋다고 하는 평양감사도 자기가 싫으면 안 한다는 말이 있다. 이 속담의 뜻은 세상의 어떤 것도 자신이 좋아해야만 하고 싶다는 생각이 든다는 것이다. 수업도 그렇다. 아무리 좋은 수업이라도 자신이 부담스러워 하고 부정적으로 생각한다면 수업이 즐거운 것이 아니라 짜증나는 일이 된다. 그러다 보면 자연적으로 수업을 회피하게 되고 결국은 수업을 듣기 싫어하게 된다.

그러나 아무리 힘든 수업이라도 즐거운 수업이라고 생각하면 즐겁게 공부할 수 있다. 따라서 어떤 수업이든 마음먹기에 따라 달라진다는 것이다. 수업을 받으면서 부정적인 생각을 가지고 투덜대거나 짜증을 내서는 목표에 도달하기가 어렵다. 그리고 부정적인 생각을 많이 가질수록 남는 것도 없고 효과가 매우 떨어진다. 따라서 수업이 시작된다면 무조건 좋다는 생각으로 시작해야 공부를 해도 효과가 있으며 공부도 잘된다.

3. 피할 수 없으면 수업을 즐기자.

수업을 듣다 보면 자기가 공부하고 싶은 과목만 만나지 못한다. 때로는 좋은 과목을 만나기도 하지만, 때로는 죽기 싫을 정도로 하기 싫은 과목도 있다. 문제는 싫은 과목을 만나면 수업에 집중하기 어려울뿐더러, 스트레스를 받게 되어 시간을 무의미하게만 보내게 된다.

평소에 자기가 좋아하던 과목의 수업은 전혀 문제가 아니지만 하기 싫은 과목에 대한 수업을 듣게 되면 사람들은 반사적으로 피하고 싶은 욕구를 가지게 된다. 피할 수 없는 환경인데 피하려고 하면 모든 수업이 고통스럽기만 하다. 따라서 이왕 들어야 할 수업이라면 그 순간을 즐겨 보자. "조금만 참으면 수업이 끝난다."라든지, "조금만 참으면 목표에 도달

할 수 있다.”라는 생각을 갖게 되면 아무리 힘든 수업이라도
금방 끝낼 수 있을 것이다.

성취감이 수업에 집중하게 한다

성취감이란 목적目的한 바를 이루었을 때의 만족감을 말한다. 성취감을 못 느껴본 학생들은 공부를 해도 행복하지 않다. 아니 오히려 공부가 지겹다고 느끼게 된다. 공부가 지겹다고 느끼는 이유는 공부하는 진정한 목적을 간과한 채 그저 성적만을 높이기 위한 공부를 하기 때문이다. 수학 공부를 할 때 무조건 공식을 외우거나 반복해서 문제를 풀어서는 실력이 늘지 않는다. 그러나 공부하는 것 자체에 즐거움과 성취감을 갖게 된다면 성적 향상은 시간문제다.

공부에 대해서 성취감을 느낀 학생들은 수업이 재미있어지고, 수업을 듣는 동안 즐겁다. 그러나 성취감을 느껴보지 못한 학생들은 수업을 들어도 좋은 것을 모른다. 게임이 중독성을 갖게 하는 중요한 원리가 바로 짧은 시간에 성취감을 지속적으로 느끼게 해주기 때문이다. 따라서 공부에 대한 성취감은 수업을 즐겁게 듣게 하고 자신감을 고취시켜, 수업을 들어야 한다는 의욕을 불러일으키는 효과가 있다. 따라서 수업에 대한 생각을 바꾸기 위해서는 성취감을 느껴 나도 할 수 있다는 자신감을 키워야 한다. 성취감을 높이는 방법은 다음과 같다.

1. 달성 가능한 작은 목표를 세운 후 목표에 도달할 때마다 성취감을 느낀다.

   예 매일 단어를 3개씩 외운다.

2. 자신이 좋아하는 분야에서 목표에 도달했던 경험을 이야기하게 하며 성취감을 느낀다.

   예 나는 도봉산을 올라보았는데, 정상에 올랐을 때 너무 좋았어.

3. 자신의 자랑거리나 장점을 이야기한다. 자기를 자랑하려면 이미 해보았던 것으로 성취감을 느껴보았던 것이기 때문에 쉽게 말할 수 있다. 그뿐만 아니라 장점을 이야기하게 하면 말하는 자신도 즐거워지게 된다.

4. 간단한 운동이나 율동을 하고 나도 할 수 있다는 성취감을 느낀다.

5. 그동안 미뤄뒀던 귀찮은 일을 처리해서 성취감을 느끼도록 한다.

간절한 목표가 있으면 수업이 즐겁다

수업은 몰입할수록 효과가 높다. 몰입은 간절하게 바라는 마음이나 분명한 목표에서 시작된다. 따라서 수업에 몰입하기 위해서는 간절히 바랄 수 있는 목표를 세우는 것이다. 자신이 세운 진학이나 공부 목표가 간절할수록 수업에 집중하게 된다. 게임을 오랫동안 마음대로 즐기고 싶은 욕구가 생기면 게임에 집중하는 것과 같이 수업에도 집중하려면 간절한 목표를 세우는 것이 좋다. 목표가 확고해지면 수업을 잘 들으려고 하게 되지만, 목표를 갖지 않고 수업을 들으면 아무 목표가 없으니 수업을 잘 들으려는 생각도 없게 된다.

수업에 몰입함으로써 성공한 사람이 있다. 한국의 빌 게이츠라 불리는 티맥스소프트의 최고 경영자 박대연을 꼽을 수 있다. 시골 가난한 농부의 6남매 중 장남으로 태어난 박대연은 어린 시절 아버지가 돌아가셔서 학창 시절부터 가장으로서 생활전선에서 뛰어야 했다. 그 와중에도 그는 동생들 학비와 생활비를 벌면서 주경야독으로 공부하였다. 그러면서 그는 1%의 가능성에 도전하고자 하였다. 그 시절 최고의 직장인 은행원이 되기 위해서는 고교 수석 졸업장이 필요했다.

졸업을 6개월 앞두고 다급해진 그는 고교 수석을 하기 위해 지금까지의 공부 방법에서 수업에 몰입하는 것을 선택하였다. 결국 전교 수석으로 졸업하여 원하던 은행에 취직하였다. 그는 은행에서도 긍정적인 마음으로 최선을 다했고 마지막에는 과감하게 회사를 그만두면서 진정으로 원하는 것에 몰입하였다.

그는 은행에서 독학으로 컴퓨터를 배운 것이 기회가 되어 런던 지사에 파견되어 근무할 기회를 얻었다. 박대연은 파견 근무를 끝내고 한국으로 돌아와 32세 되던 해에 안정적인 은행원을 포기하고 미국의 오리건대학교 컴퓨터공학과로 유학을 결심했다. 누구나 안정적인 생활에 안주하기를 원하는데 그는 언어가 제대로 통하지 않아 힘든 유학 생활을 택한 것이다. 오리건대학교는 역사상 전체 A가 한 번도 없었다. 그러나 그는 1년 3개월이라는 짧은 시간에 오직 수업에 집중하는 노력만으로 전 과목 A를 받았고, 교수님들도 그의 노력에 감동하여 남가주대학교를 추천해 주었다. 결국, 그는 5년 7개월 만에 박사학위를 받았다. 박사학위를 받기까지 그가 받은 장학금은 1억 5천만 원이었다. 그의 성공은 수업에 몰입 덕분이었다.

한때 베스트셀러였던 《시크릿》이란 책을 보면 끌어당김의 법칙, 즉 긍정적인 생각을 하면 긍정적인 환경이 만들어진다고 하였다. 이로 인해 많은 사람들이 자신의 목표를 세워 간절히 원하는 것이 유행되기도 하였다. 여러분들도 간절한 목표를 세우고 그것을 해결하기 위해서는 수업에 몰입하는 방법밖에는 없다고 다짐해 보자.

수업에 집중하지 못하는 원인을 찾아라

    수업에 참여하는 학생들은 자신이 얻는 결과에 대해 서로 다른 방식으로 이해한다. 예를 들어 수업에 집중하지 못하는 학생들은 스스로의 문제에 의해서 수업에 집중할 수 없다는 생각을 가지기도 하지만, 선생님이 미워서 수업에 집중하지 못하기도 하고, 또는 이미 선행학습을 했기 때문에 재미없다고 생각한다. 이처럼 어떤 사건에 대해 자신의 입장에서 지각한 원인을 귀인(歸因, attribution)이라고 한다.

    귀인은 어떤 사건이나 결과에 대해 개인이 지각한 원인을 말한다. 귀인 이론에 의하면, 인간의 행동은 어떻게 받아들이느냐에 따른 귀인의 결과가 학습 동기의 두 요소인 기대와 가치에 영향을 주게 되며, 행동의 동기 수준이 결정된다고 한다. 수업에 집중하는데 가장 공통적인 귀인은 교사, 과목, 건강, 난이도, 피로, 친구 등을 들 수 있다.

수업에 집중하는 원인이나 집중하지 못하는 원인을 찾는 것이 중요한 이유는, 수업에 집중하거나 집중하지 못한 원인을 어떻게 인식하는지에 따라 이후 수업에 대한 집중에 영향을 미치기 때문이다. 즉 수업에 집중하게 된 원인을 알게 되면 다음 수업부터는 쉽게 수업에 집중할 수 있게 되고, 수업에 집중하지 못하는 원인을 찾게 되면 그것을 줄임으로써 수업에 집중할 수 있게 된다. 따라서 수업에 대해 개인이 지각하는 성공과 실패의 원인을 아는 것은 대단히 의미 있는 일이다.

여러분이 수업에 집중하지 못하는 원인을 묻는 질문입니다. 해당 문항이 맞으면 "예"에, 해당 문항이 맞지 않으면 "아니요"에 체크해 주세요.

	문 항	예	아니오
1	원래 주의력이 결핍되어 있기 때문이다.		
2	수업 시간만 되면 잠이 오기 때문이다.		
3	오래 앉아 있으면 몸이 아프기 때문이다.		
4	수업에 집중하는 습관이 되어 있지 않기 때문이다.		
5	수업을 대충 들으려고 하기 때문이다.		
6	들어도 이해가 되지 않기 때문이다.		
7	선생님이 싫기 때문이다.		
8	내가 싫어하는 과목이기 때문이다.		
9	과목이 너무 어렵기 때문이다.		
	'예'에 답한 총 개수 ( ) 개		

- 1~3개 : A 유형
- 4~6개 : B 유형
- 8~9개 : C 유형

수업 몰입

[A 유형]

- 평소 수업에 집중하지 못하는 이유가 자신의 건강에 이상이 있다고 수업에 집중하지 않는 유형을 말한다.
- "예"라고 답한 것이 많을수록 자신의 건강상 문제로 인해 수업에 집중하지 못한다는 고정 관념이 강하므로 건강을 유지하기 위해서 노력해야 한다.

[B 유형]

- 평소 수업에 집중하지 못하는 이유가 자신이 수업에 집중하려는 노력을 하지 않기 때문에 수업에 집중하지 않는 유형을 말한다.
- 수업에 집중하면 얻게 되는 장점을 생각하면서 수업에 집중하도록 노력한다.

[C 유형]

- 평소 수업에 집중하지 못하는 이유가 선생님이나 과목이 싫어서 수업에 집중하지 않는 유형을 말한다.
- 선생님이나 과목에 대해서 부정적인 생각을 버리고 좋은 생각을 갖도록 노력한다.

04

예습과 복습이
수업 몰입을
돕는다

한국교육개발원KEDI의 성적과 과외 여부 및 학습 태도의 상관 관계를 5년간의 성적을 가지고 분석한 결과를 보면, 예습과 복습 등 학교 수업에 충실하고 책을 많이 읽는 학생이 성적도 우수한 것으로 나타났다. 이들 상위권 학생은 수업 시간에 질문을 하거나 예습과 복습을 하는 비율이 높고, 책 읽기를 좋아하였다.

가끔 명문 대학에 수석으로 입학한 학생들의 성공담을 들어 보면 "나는 학원 문턱에도 가지 않았지만 수석을 했다."라는 소감을 자주 들을 수 있다. 그들은 학원을 다니기보다는 예습과 복습을 철저히 하였다고 한다.

예습이란 배워야 할 내용들을 미리 공부하는 것을 말한다. 예습이란 배워야 할 내용들을 미리 살펴보는 과정이라 할 수 있다. 마치 어두운 밤에 손전등으로 갈 길을 미리 비추어 보는 것과 같다. 갈 길을 미리 비추어 보면 어떻게 가야 할지에 대한 계획을 세우기 때문에 두려움을 떨칠 수 있다. 또한, 길을 미리 보았기 때문에 낯설지 않을 것이다.

복습은 이미 배운 것을 다시 공부하는 것을 말한다. 복습을 해야 하는 이유는 사람의 두뇌에서 담당하는 기억은 시간이 지나면 잊어버리는 것이 자연스러운 일이다. 실제로 에빙하우스의 망각곡선에 따르면, 사람은 암기한 내용을 1시간 이후에 절반을 잊어버리고, 하루에 70%를, 한 달에 80%를 잊어버리게 된다. 따라서 이 '망각'을 극복하기 위해서는 제때 반복적으로 복습하여 암기율을 높이는 것이 필요하다.

공신들은 수업이 이루어지기 전에 배울 내용을 미리 예습하고, 수업이 끝난 후에는 복습하는 것이 가장 효과적이라고 말한다. 수업 내용을 미리 읽어 보고 온 학생들은 수업 내용을 미리 인지하였기 때문에 이해가 빨랐다. 수업이 끝난 후에 하는 공부는 기억을 더욱 오래 유지하게 해준다. 결국 공부를 잘하는 학생들의 특징은 예습 습관을 가지고 있었다고 할 수 있다. 예습 습관을 가지게 되면 굳이 학원이나 과외를 받지 않아도 된다. 따라서 이 단원에서는 어떻게 하면 예습과 복습을 습관으로 만들 수 있는지를 설명하고자 한다.

　　J양은 학원이나 과외 한 번 받지 않고 모두가 꿈꾸는 특목고에 당당하게 합격하였다. J양은 지난해 국제고등학교 입학생 160명 가운데 비강남권 출신에 학원이나 과외 한 번 받지 않은 유일한 학생이었다. J양은 학교 친구들에 비해 공인 영어 성적도 다소 떨어지고 경시대회 입상 경력도 없다.

　　하지만 J양은 그 흔한 사교육 한 번 받지 않고도 중학교 성적이 전교 상위권 안에 들었다. 그뿐만 아니라 학원의 도움 없이 혼자 공부한 결과 영어 인증 시험 텝스(TEPS) 점수도 500점을 넘었으며, 수학 성적도 매우 우수했다.

　　J양은 자신의 성적이 매우 높았던 비결을 수업 전 3분과 수업이 끝난 후 3분이라고 당당하게 말한다. J양은 수업이 시작되기 3분 전에 우선 배워야 할 단원에 대한 제목을 보고

어떤 내용이 나올지 자신만의 상상의 나래를 폈다. 그리고 학습 목표를 읽으면서 내가 생각했던 것과 같은 점과 다른 점들을 비교해보았다. 자신이 상상했던 것과 같았던 것들은 바로 기억이 나서 좋았고, 틀렸던 것들은 수업 시간에 어떻게 전개될까? 호기심이 생겼다.

J양은 수업 전에 상상했던 것들을 수업이 시작되면서 선생님의 지도 내용에서 부족한 점들을 채우고, 다시 한번 기억들을 상기하는데 활용하였다. 이러한 노력을 지속적으로 하다 보니 수업 시간이 즐거울 수밖에 없었다. 자신이 상상한 것들이 맞는가 틀리는가를 확인할 수 있다는 생각에 수업이 즐거워졌고, 선생님의 수업 내용이 귀에 쏙쏙 들어올 수밖에 없었다.

J양은 당연히 수업 시간에 설명한 내용들을 하나도 빠짐없이 들어 두니 수업이 끝난 후에 바로 복습을 하게 되면 고스란히 기억에 남게 되었다. 수업에 집중하고 복습하다 보니 부족한 것이 없게 되어 굳이 학원이나 과외를 다니지 않아도 되었다. 이러한 J양의 공부 습관으로 시험 때도 원하는 만큼 성적을 얻을 수 있게 된 것이다.

J양은 초등학교 때는 이런 방법을 적용하지 못해서 그다지 두각을 나타내는 학생은 아니었지만, 중학교 때는 3년 동안 하루도 빠짐없이 3분 전 스피드 공부 방법을 해왔다. 이제 습

관으로 굳어져서 어떤 수업을 듣든지 꼭 먼저 자리에 앉아서 오늘 배울 내용 대해서 상상하는 것이 습관이 되었고, 수업이 끝나자마자 그 시간에 배운 것을 복습하는 습관이 특목고에 입학하게 된 것이라고 한다.

J양의 성공 비결은 수업이 시작되기 3분 전에 배울 내용에 대해서 미리 상상만 해도 수업에 대하여 흥미도 생겨 수업에 집중할 수 있다고 한다.

공부의 시작이 수업이라면 수업의 시작은 예습이다

예습은 공부해야 할 것을 미리 공부하는 것으로 수업을 어떻게 들어야 하는지 방향을 설정하는데 도움을 준다. 따라서 아무런 정보가 없는 상태에서 수업을 듣는 것보다는 예습을 바탕으로 해서 새로운 지식과 정보를 덧붙이는 것이라고 할 수 있다. 실제로 사람의 두뇌는 어떤 새로운 것을 학습할 때 기존에 알고 있는 사실과 연관 지을 때 더욱 효과적으로 기억에 남게 된다.

예습은 선행학습과 차원이 다르다. 예습의 목적은 앞으로 배울 내용에 '흥미'를 유발시키기 위해 하는 것이다. 선행학습은 수업에 도움이 되기도 하지만 미리 다 배웠다고 생각하면 정작 수업 시간에는 긴장이 풀어져서 수업에 방해가 되는 경우도 상당히 많다. 예습은 '완벽하게' 공부하는 것보다 '적당하게' 하는 것이 좋다. 어느 정도 적당히 예습을 하고 수업을 듣게 되면 학습 내용에 대한 기대감, 궁금증이 생겨 적극적으로 수업에 참여하게 된다. 그런 의미에서 볼 때 예습은 '가벼운 몸풀기'라고 할 수 있겠다. 따라서 예습한 것을 바탕으로 선생님의 수업이 어떻게 다른지, 중요한 것이 무엇인지를 파악하는 것이 예습의 목적이다.

1. 쉬는 시간을 이용해 교과서의 본문을 읽는다.

예습은 통상 전날 하는 것이 좋지만 시간이 여의치 못하다면 수업이 시작되기 5분 전에 하는 것이 좋다. 예습은 먼저 교과서의 큰 제목 위주로 읽어 보고 이번 시간에 어떤 것에 대해 배우는지를 머릿속에 그려본다. 다음은 본문 중에 있는 중요 개념인 굵은 글씨를 읽어 본다. 중요 개념의 경우는 그에 대한 설명이 함께 나와 있으므로 설명에 밑줄을 그으면서 한 번 읽어 두도록 한다. 이렇게 하면 수업이 시작되어서 선생님이 하는 수업 내용이 귀에 쏙쏙 들어오게 되며, 뭐가 중요한 것인지를 이해하게 되어 기억에 오래 남아 공부에 도움이 된다.

2. 오늘 배울 단원에 대한 개념을 정리한다.

수업 시간에 배울 내용에 대한 개념 정리를 간략히 하는 것만으로도 예습 효과는 뛰어나다. 먼저 단원의 제목을 보고 기

초적인 개념 정리를 하고, 새로 배울 '단원의 단원 학습 목
표'만, '탐구 활동' 정도만 읽어 두면, 어떤 내용을 배우게 될
지 예측하면서 학습 내용에 대한 기대감을 갖게 되며 전체적
인 흐름을 유추할 수 있게 된다. 이것을 통해 학습 내용의 전
체적인 구조를 유기적으로 파악할 수 있어 이해력을 높일 수
있다. 또한, 단원 학습 목표를 통해 집중해서 공부해야 할 내
용이 어떤 것인지 핵심 원리와 내용을 파악할 수 있게 된다.

3. 본문의 내용을 한번 훑어 본다.

학습 목표에 나온 부분을 찾아 속독하는 것도 도움이 된
다. 읽으면서 이해하기 어려운 부분이 있으면 표시해 두고
수업 시간에 그 부분을 집중해서 듣거나 선생님께 질문하는
것도 좋은 방법이다. 만약 수업 전에 미리 예습을 하지 못했
다면 수업 시작 직전 쉬는 시간 5분을 활용해서라도 배울 내
용의 목차를 읽어 보도록 하자.

4. 동영상 수업을 활용한다.

요즘 동영상 수업이 넘쳐나고 있다. 동영상 수업의 장점은
명강사의 수업을 언제 어디서나 반복 수강이 가능하다는 것
이다. 또 요즘엔 채팅창을 통해 질문을 하면 10분 이내로 답
을 해주는 맞춤형 학습 지도도 마련되어 있다. 따라서 예

습·복습할 때 동영상 수업을 들으면 기억을 오래 하게 하는데 도움이 된다. 그러나 동영상 수업은 전 과목을 다 듣겠다는 욕심보다는 꼭 필요한 과목을 정하거나, 특정 과목의 특정 단원을 선택해서 듣는 것이 더 효과적이다.

5. 평소에 교과와 관련된 쉽고 재미있는 책을 읽는다.

국어, 과학, 사회, 국사, 세계사 등의 과목은 교과서 이해만으로는 역부족이다. 특히 요즘과 같은 시험 문제의 경우에는 단편적인 교과서 내용만으로는 자신의 생각까지 엮어낼 만한 심층적인 이해까지 도달하기는 힘들다. 따라서 교과와 관련된 쉽고 재미있는 책을 읽음으로써 풍부한 배경 지식을 가지고 수업에 참여할 수 있으므로 수업을 이해하는데 도움을 받게 된다.

6. 전날 예습을 할 때는 순서를 정해서 한다.

학교나 학원을 다니는 학생들은 항상 시간에 쫓기게 된다. 시간은 항상 부족하기 때문에 전 과목을 전부 예습하기엔 시간이 부족할 수 있다. 따라서 전날 예습을 할 때는 예습의 우선순위를 정해서 어려운 과목이나 반드시 해야 할 과목을 우선적으로 예습하는 것이 필요하다.

7. 예습 스토리텔링을 만든다.

예습을 하면서 배울 단원의 목차와 학습 목표를 가지고 이야기를 만드는 것을 '예습 스토리텔링'이라고 한다. 예를 들면 국사 과목 중 '삼국의 성립과 발전' 단원을 활용해 고구려와 신라, 백제 중 중국과 힘을 합쳐 다른 두 나라를 통일한 국가는 누구인지, 내가 그 시대에 살았다면 어떤 결정을 내렸을지 간단히 적어보는 식이다. 쉽게 만들 수 있으면서도 핵심 내용을 익히는 데 효과가 있다.

8. 단어의 개념을 명확하게 정리한다.

예습을 하면서 새롭게 등장한 단어는 사전을 찾아서 개념을 정확히 파악해 둔다. 수업 도중에 해당 단어가 나오게 되면 반가움을 느낄 것이다. 개념이 명확할수록 수업이 귀에 쏙쏙 들어오게 될 것이다.

9. 질문할 것을 미리 준비한다.

예습을 위해 책을 읽으면서 이해가 되지 않거나 반드시 익히고 넘어가야 할 것이 나타나게 되면 교과서에 체크를 해두었다가 수업 시간에 질문하면 기억에 오래 남게 된다. 그리고 수업을 완벽하게 소화할 수 있어 매우 도움이 된다.

예습을 위해서 교과서를 읽을 때 단순히 글자를 읽는 것이 아니라, 글을 읽으면서 그 의미를 이해하고 학생의 배경 지식을 활용해 새로운 의미를 재구성하는 과정이 필요하다. 예습은 양이 중요한 것이 아니라 질이 중요하다. 예습을 효과적으로 하기 위해서는 교과서를 읽으면서 자신의 배경 지식과 경험을 활성화해 수업에서 배울 내용을 상상하고 분석, 비판하며 읽어야 한다. 예습을 효율적으로 하기 위해서는 다음과 같은 방법으로 교과서를 읽는다.

주제와 관련해 자신이 알고 있는 배경 지식을 떠올리며 읽기에 주의를 집중하도록 한다.

1. 읽기 전에 미리 상상해 본다.

책을 읽기 전에 제목이나 그림을 보고 글의 내용을 미리 생각해 보도록 해서 책을 읽으면서 미리 생각해 본 것을 토대로 자신이 예측한 것을 수정·보완하고, 읽은 뒤에는 제목과 관련해 내용 예측이 잘 이루어졌는지 점검한다. 읽기 전에 미리 상상해 보면 좋은 것은 다음과 같다.

- 이 글에서 내가 새롭게 배울 수 있는 내용은 무엇일까?
- 이 글은 어떤 방식으로 문제를 풀어나갔을까?

2. 배경 지식을 떠올린다.

교과서를 읽으면서 내용과 관련하여 배경 지식을 끌어내는 것은 교과 내용을 이해하는 데 도움이 된다. 또한, 책을 읽는 목적을 분명하게 해 그 내용에 집중하게 함으로써 새로운 정보를 효과적으로 찾을 수 있게 한다. 그리고 새로운 개념과 이미 알고 있는 것을 연관 짓도록 해 정보를 오랫동안 기억하게 만들어 준다.

3. 제목과 관련해 알고 있는 것은 연상한다.

먼저 읽어야 할 책에 대한 제목을 보고 미리 내용을 연상해 본다. 연상한 내용이 본문의 내용과 맞거나 틀려도 기억에 오래 남게 되어 수업에 도움이 된다. 제목을 통해서 연상해 볼 내용은 다음과 같다.

- 제목을 왜 이렇게 정했을까?
- 다음에 이어질 내용은 무엇일까?
- 제목이 궁극적으로 전달하고자 하는 것은 무엇일까?

4. 중요한 내용을 찾는다.

교과서의 텍스트에서 중요한 내용을 찾아내어 적절한 방법으로 내용을 구조화한다. 내용을 구조화하기 위해서는 중요 내용에 밑줄 긋기, 문맥을 활용해 낯선 어휘 이해하기, 글 내용을 구조적으로 읽기, 요약하기, 어려운 부분 다시 읽기, 노트 필기 따위의 방법을 사용하면 효율적이다.

5. 중심 내용을 찾는다.

중심 내용이란 저자가 책에서 말하고자 하는 핵심 내용으로 주제를 말한다. 중심 내용은 문단 안에 드러나 있는 경우와 암시되어 있는 경우가 있다.

6. 요약한다.

요약하기란 글에 들어 있는 중요한 생각을 간략하게 간추리는 활동을 말한다. 즉 글에 제시된 정보와 자신의 경험을 바탕으로 글의 내용을 압축하고 주제를 찾아내는 활동을 말한다. 따라서 중심 내용을 잘 파악하려면 평소 글을 읽을 때 문단의 중심 내용에 밑줄을 긋거나 단락을 묶어 제목을 짓는 습관이 들어야 한다.

7. 중심 생각을 찾는다.

중심 생각이란 글을 통해서 독자에게 전달하고자 하는 작가의 의도나 글을 쓴 목적을 말한다. 저자의 의도를 파악하기 위해서는 교과서를 읽을 때 다음과 같은 방법으로 중심 생각을 찾는 것이 좋다.

- 저자는 왜 이런 글을 썼을까?
- 필자가 주장하는 내용의 근거는 무엇일까?
- 필자가 내린 결론에 대한 의견은?

8. 교과서를 읽으면서 적절한 상황에 연관 지어 본다.

교과서나 참고서는 단락 단락으로 나누어져 있지만 이것을 하나의 큰 흐름으로 보고 전체 내용에 연결시켜 읽으면 흐름이 연결되어 기억에 오래 남게 되어 공부에 도움이 된다.

9. 교과서를 읽으면서 전체 내용과 연관 지어 읽는다.

교과서나 참고서는 단락 단락으로 나누어져 있지만, 이것을 하나의 큰 흐름으로 보고 전체 내용에 연결시켜 읽으면 흐름이 연결되어 기억에 오래 남게 된다.

10. 모르는 단어를 보면 정확한 뜻을 생각해 본다.

교과서를 읽으면 모르는 단어가 나타나기 마련인데, 모르는 단어를 지나치게 되면 기억이 어렵게 됨으로 정확한 단어의 의미를 찾아서 정확한 뜻을 알아야 내용을 정확히 이해하는 데 도움이 된다.

11. 내용이 어렵거나 중요한 정도에 따라 읽는 속도를 달리 한다.

교과서를 읽을 때 모든 내용을 동일한 속도로 읽는 것이 아니라 어렵거나 중요한 정도에 따라 읽는 속도를 달리해야 한다. 어렵거나 중요한 내용들은 정독하는 것이 좋고 쉬운 내용이나 중요하지 않은 내용은 속독으로 넘어가도 좋다.

12. 읽으면서 눈으로만 읽는 게 아니라 기억하려고 노력한다.

교과서를 읽을 때 눈으로만 읽는 게 아니라 내용을 머릿속에 기억하려고 노력하면서 읽는 것이 기억에 남게 된다.

13. 내용과 관련해 궁금한 것에 대해 스스로 질문해 보고 답을 해본다.

교과서를 읽다 내용에 대해 이해가 되지 않아 궁금한 것이

생기면 스스로 질문해 보고 답을 해보면 기억에 오래 남게
된다. 그래도 모르는 내용에 대해서는 밑줄을 그어 놓고 찾
아보거나 수업 시간에 선생님에게 질문을 준비하도록 한다.

14. 비판하며 읽는다.

비판하며 읽는다는 것은 글의 진실성, 정확성 등을 판단하
며 읽는다는 뜻이다. 비판하며 읽는 방법은 다음과 같다.
- 저자가 문제를 바라보는 관점 파악하기
- 다른 관점으로 해석하기
- 저자의 편견을 찾기
- 저자의 주장에 대한 정당한 근거를 내세워 평가하기
- 저자가 독자를 설득하기 위해 사용하고 있는 표현 방식
  을 파악하기

15. 창의적으로 읽는다.

창의적으로 읽는다는 것은 책에서 이해한 것을 바탕으로
새로운 상황에 적용하거나, 어떤 목적을 위해 책의 내용을
재구성해 통합하고 재창조하는 것을 말한다. 이것은 책 내용
을 음악, 영화, 만화, 놀이, 무용 등 다양한 매체와 연관 지어
재해석하는 것이기도 하다.

암기는 결국 복습의 반복

　복습이란 배운 것을 다시 공부하는 것이다. 결국 공부란 '예습 → 수업 집중 → 복습' 의 반복적인 학습을 통하여 암기한 기억을 오랫동안 유지하기 위한 방법이라고 할 수 있다. '공부의 신' 이라는 특목고 학생들의 수업을 들여다보면 학생들은 수업이 끝나고도 조용히 책상에 앉아서 전 시간에 배운 내용을 다시 한번 읽어 보는 것이었다.

　복습 습관을 가지게 되면 굳이 학원이나 과외를 받지 않아도 된다. 더욱이 복습 습관을 길들이면 시험에 임박해서 벼락치기 공부를 하지 않아도 된다. 실제로 복습을 하지 않으면 시간이 지난 후 다시 볼 때 이 내용을 다시 배웠나 싶을 정도로 잘 생각나지 않지만 한 번 복습한 내용은 다시 보면 빨리 기억이 나고 다시 공부하는데 시간이 훨씬 적게 걸린다. 결국 나중에는 적은 시간만을 들여서도 매우 높은 효과를 볼 수 있는 것이 바로 복습이다.

복습은 배운 후에 될 수 있으면 빠른 시간 내에 반드시 하는 것이 좋다. 공부 잘하는 학생들은 대부분 빠른 복습을 실천하고 있다.

1. 남을 가르쳐 보자.

수업이 끝난 후 쉬는 시간에 친한 친구를 찾아가 전번 시간에 배운 것을 마치 선생님처럼 알려줘 보자. 친구를 위해 수업 시간에 배운 것을 다시 한번 가르치다 보면 자신도 모르게 확실한 복습 효과가 생긴다. 남을 가르치기 위해서는 선생님처럼 처음부터 끝까지 철저히 들어야만 가능하기 때문에 수업에 대한 집중도도 좋아지고, 들은 것을 바로 암기하는 데 효과가 생긴다.

2. 쉬는 시간을 이용하여 복습한다.

수업 종료 후 쉬는 시간을 5 단위로 쪼개어 복습 시간으로 활용한다. 방금 배운 내용이므로 기억이 쉬우며, 반복 학습을 하므로 암기하는 데도 도움이 된다. 복습하는 방법은 전 시간에 필기한 노트나 교과서를 가지고 한다. 그러나 집에 가서 복습을 하려면 복습 시간이 더 많이 소요될 뿐만 아니라 기억에 남지 않는 것도 있기 때문에 쉬는 시간을 잘 활용하도록 한다.

3. 오늘 배운 것은 집에서 다시 전체적으로 복습한다.

쉬는 시간에 복습을 했더라도 집에 가서 다시 한번 오늘 배운 내용을 모두 전체적으로 복습한다. 복습할 때는 필기한 노트나 교과서를 가지고 한다. 복습이 다 끝나면 보충 교재에 있는 관련 단원의 '연습 문제와 보충 심화 문제', '단원 평가문제', '수행 과제' 등 기본 문제부터 심화에 이르기까지 문제 풀이를 해본다. 당일 복습하는 습관을 길들이면 시험 때가 되어서도 벼락치기 공부를 하지 않아도 기억에 오래 남게 된다.

4. 수업 시간의 필기 내용을 다시 필기한다.

수업 시간에 선생님의 설명을 듣고 노트 필기한 내용을 집에 와서 교과서와 비교하면서 노트에 필기한 내용들을 책에 밑줄을 긋는다. 다음은 참고서를 보면서 요약 정리를 한 후, 종합하여 노트에 중요한 것들을 필기한다. 그리고 참고서에 나온 확인 문제 몇 개를 풀면 그날 배운 단원 이해는 거의 완벽해진다. 다시 한번 필기를 하는 것은 자기 주도적인 학습으로 학생의 기억에 오래 남기 때문에 매우 독창적이면서 효과가 뛰어나다.

5. 교과서에 나와 있는 문제를 모두 푼다.

본문이 끝나고 단원의 끝 부분에는 보충 심화할 수 있는 문제 및 자료들이 수록되어 있다. 교과서에서 제공하는 문제들은 본문 내용을 다각도로 활용한 문제들이기 때문에 이것만 제대로 풀고 넘어가도 해당 단원의 복습 효과는 뛰어나다.

6. 수업 내용이 기억나지 않으면 참고서로 찾는다.

노트나 교과서로 복습을 하다 수업 내용이 잘 떠오르지 않거나 잘 모르면 참고서를 찾아 읽으면 복습 효과로는 최고다. 교과서에는 방대한 내용 중 핵심만 추려서 간결하게 수록했기 때문에, 깊은 이해가 사실상 힘들다. 참고서는 전후 배경이 자세하게 제시되어 있어 이해가 쉬워 외우지 않고도 머리에 쏙쏙 들어오는 효과가 있다.

7. 복습 노트를 만든다.

암기 과목 중 소소하게 외울 게 많은 것은 시간이 지날수록 기억하기가 힘들어진다. 따라서 외울 것이 많은 것은 공부 시간도 몇 배로 소요되고 힘은 힘대로 들고 점수는 점수대로 따기가 힘들어진다. 따라서 이런 불편함을 방지하기 위해 '복습 노트'를 만들어 그날 배운 내용 중 외워야 할 것들을 요약 정리한다. 꾸준히 정리를 해두면, 시험 때 한 번 훑어보는 정도로도 암기 과목은 고득점이 보장된다.

8. 주말을 이용해 1주일 단위로 복습한다.

대부분의 학생들이 중학생만 되면 방과 후 학원에 가느라 바빠 예습, 복습할 시간이 부족하다. 따라서 예습, 복습할 시간을 충분히 빼기가 힘든데, 이럴 경우 주말을 이용하여 1주일 단위로 몰아서 복습하는 것이 좋다. 1주일 정도의 기간이면 그 주에 배운 내용이 어느 정도 기억이 나기 때문에 1주일 단위로도 무리가 없다.

기억의 과정을 이해하라

기억력은 이전의 인상이나 경험을 의식 속에 간직해 두는 능력을 말한다. 따라서 수업에서 기억력은 한 번 들으면 바로 암기하는데 필수적인 능력이다. 만약 우리에게 기억력이 없다면 매일 수업을 들어도 기억에 남는 것이 없기 때문에 수업을 듣는다는 것은 아무런 의미가 없다. 그렇기 때문에 기억력은 매우 중요하다.

기억은 감각기관을 통해서 정보를 입수하고 저장한 후, 필요할 때 불러내는 일련의 과정을 말한다. 기억이 이루어지는 곳은 인간의 뇌 중에서 해마라는 부분으로, 이곳의 신경세포가 자극을 받게 되면 기억으로 뇌에 각인된다.

기억력은 성장기별로 초등학교 저학년에는 무조건적으로 외우는 기계적 기억이 발달하지만, 초등학교 고학년으로 접어들 무렵에는 이해하고 외우려는 논리적 기억이 우세해진다. 따라서 어릴수록 단순 암기에, 나이를 먹을수록 단순 암기보다는 논리적 기억에 의존하는 경향이 있다. 중요한 것은 공부와 관련된 암기 전략이 거의 도식적인 기억에 의존하기 때문에 학습의 견지에서 보면 단순한 기억을 강요하는 무조건적인 암기는 바람직하지 않다.

기억이 일어나는 과정을 보면 입력하기, 저장하기, 불러오기의 3단계의 과정을 거친다.

1. 입력하기 : 오감을 통하여 뇌를 자극하게 되면 자극으로부터 받아들여진 정보들이 기억의 공간에 입력된다. 즉 외부의 정보가 머릿속으로 들어오는 단계다. 따라서 공부한 내용을 기억하기 위해서는 먼저 기억하고자 하는 내용에 대하여 주의를 집중하고 이해하기를 통해 뇌를 자극해야 한다.

2. 저장하기 : 입력된 정보를 머릿속에 저장해 두는 상태로 대부분의 사람들이 시간이 지남에 따라 망각곡선에 의하여 입력된 내용들을 기억하지 못하게 된다.

3. 불러오기 : 저장된 내용들을 필요한 때, 즉 공부의 경우 시험이나 수행평가를 할 때 불러오는 단계다.

학생들이라면 누구나 한 번 공부한 것을 영원히 기억하기를 바란다. 그러나 이 세상의 누구도 그런 능력을 가진 사람은 없다. 왜냐하면 모든 인간은 기억력과 함께 망각이라는 것도 가지고 있기 때문이다.

망각이란 전에 경험하였거나 기억된 것이 일시적 또는 영속적으로 감퇴 또는 상실되는 것이다. 결국 망각은 기억이 저하되거나, 기억을 잃어버리는 것을 말한다. 그러나 망각이 꼭 부정적인 것만은 아니다. 만약 망각이 없다면 우리는 고통스러운 기억조차 잊지 못하고 평생을 괴로워할 것이다. 그래서 망각은 꼭 필요하다. 예를 들어 사랑하는 사람이 죽었거나, 매를 맞았던 기억, 창피했던 기억들로 힘들어할 때 망각은 우리에게 마음의 안식처가 된다. 하지만 망각은 우리가 잊지 말아야 하는 중요한 정보나 학습한 결과물까지 잊게 하여 우리를 곤란하게 한다.

그럼 망각은 왜 생기는 걸까? 망각의 원인에 대해서는 자연 소멸설과 간섭설이 있다. 자연 소멸설은 나이가 들면 노화가 되듯이 기억도 쓰지 않으면 자연히 소멸한다는 견해이고, 간섭설은 새로 기억된 내용이 기존의 기억에 끼어들고 간섭함으로써 혼동을 일으키거나 기존의 기억을 밀어냄으로써 망각이 된다는 견해다.

심리학자들은 망각에 대해 좀 더 깊이 있게 알아보기 위해서 똑같은 양을 기억한 사람들을 두 집단으로 나누어서 한 집단은 일을 하게 하였고, 다른 집단은 잠을 자도록 한 다음

정해진 시간 후에 기억을 재생하도록 하였다. 그 결과 잠을 잔 집단이 일을 한 집단보다 기억 재생률이 높았다. 일을 하는 것이 잠을 자는 것보다 기억에 더 많이 간섭하여 망각을 일으킨다는 것이다.

기억 재생률을 고려해 봤을 때, 시험을 보기 전에 학습한 것을 잊지 않도록 하기 위해서는 시험 전날 밤을 새우면서 공부하기보다는 공부를 적당히 하고 잠을 충분히 자는 것이 좋다. 벼락치기를 하는 학생이 공부를 못하는 것은, 이처럼 공부를 너무 몰아서 하면 간섭설에 따라 기존의 지식이 새로운 지식과 섞여 혼동을 일으키거나 밀려나 버리기 때문이다. 따라서 망각을 줄이고 기억력을 높이는 방법은 주기적인 반복으로 공부를 해야 한다. 즉 한꺼번에 많은 시간을 들여 복습하기보단 자주 복습하는 것이 중요하다.

장기 기억을 활용하자

기억은 인식, 기간, 방법에 따라 여러 종류로 나뉜다.

• 인식에 따른 분류

인식하는 방법에 따른 기억 방법은 기계적 기억, 논리적 기억, 도식적 기억으로 나눌 수 있다. 각 기억은 다음과 같은 특징을 가지고 있다.

구 분	내 용
기계적 기억	문제의 뜻을 파악하지 않고서 암기했다가 재생시키는 일을 말한다. 무의미한 문제나 단편적 지식인 인명·지명·상품명·연대·전화번호 등은 기계적으로 기억해야 한다. 이 경우에는 반복해서 읽는 방법으로 암기한다.
논리적 기억	문제의 뜻을 잘 파악해서 명기했다가 재생시키는 일을 말한다.
도식적 기억	문제의 뜻을 파악하는 대신 이를 일정한 순서나 틀에 맞추어 암기했다가 재생시키는 일을 말한다.

• 기간에 따른 분류

① 감각 기억

전에 감각을 통해 무의식적으로 받아들여졌던 정보들이 머릿속에 머물러 있다가 갑자기 기억되는 것을 말한다. 예를 들면 매우 피곤할 때 이전에 들은 말이 환각처럼 들리는 것 따위다. 또는 어디서 본 듯한 느낌이 드는 것도 마찬가지다. 감각 기억은 보고 들은 후 그것이 0.1초 정도 잠시 머릿속에 머물러 있다가 사라진다. 귀를 통한 기억은 눈을 통한 기억보다 오래가지만 귀로 듣는 정보는 눈으로 보는 속도를 따라갈 수 없다.

② 단기 기억

단기 기억은 임시로 또는 단기간 필요한 정보를 입력하고 저장하여 재생하는 기억을 말한다. 상대방의 전화번호, 오늘 약속 장소까지 가야 하는 도로 노선 같은 것들을 약 15~20초 정도 기억하는 것이다. 전화번호가 대개 7~8자리로 되어 있는 것도 이 때문이다. 이처럼 단기 기억의 용량은 아주 제한적이기 때문에 주의를 기울이지 않으면 잊어버리게 된다. 따라서 들고 본 것을 기억에 오래 남기려면 바로 메모하는 습관을 들여야 한다.

③ 장기 기억

장기 기억은 보통 기억이라고 부르는 것으로 거의 무한한 용량을 가지고 있으며 기억 기간도 영구적이다. 예를 들면 초등학교 때의 친구들을 오랜 시간이 지나도 기억할 수 있는 것은 장기 기억 덕분이다. 그러나 모든 기억들이 장기 기억이 되는 것은 아니고, 자주 반복 기억하거나 체계적으로 정리해서 저장한 것은, 가끔씩이나마 재생해 보아야 시간이 지나도 잊어버리지 않는 장기 기억이 된다.

• 방법에 따른 분류

① 경험 기억

　주로 과거의 경험에 연결된 기억으로 공부한 다음 시험을 보기 위해 사용하는 기억이다. 초등학교 저학년 때까지만 해도 무조건 외우는 기계적인 기억을 하지만, 초등학교 고학년으로 갈수록 경험 기억에 의존한다.

② 운동 기억

　운동할 때 속도나 방향 등 자기 몸의 감각을 통해 새겨 두는 것으로서, 공을 던지거나 자전거를 탈 때 자신도 모르게 몸이 균형을 맞추는 기억을 말한다. 운동에서 자기만의 변칙적인 자세가 잡히면 나중에 바른 자세로 고치려고 해도 쉽게 고쳐지지 않는 이유가 된다.

③ 지식 기억

　머리로 외우는 기억으로 전혀 연관 관계가 없는 지식을 암기할 때 사용한다. 특히 시험공부를 할 때 언어나 구구단처럼 의미 없는 기호, 기존 정보와 연결이 없는 지식을 받아들일 때 유용하다. 중학생 때 가장 발달하기 때문에 벼락치기 형태의 임기응변식 시험공부 방법이 자연스럽게 나타난다. 그러나 무조건 암기하는 방식이 중학교까지는 가능하지만,

고등학교 이후부터는 이해하지 않거나 지속적으로 공부하지 않으면 효과가 생기지 않는다.

나이가 들어서 암기력이나 기억력이 떨어졌기 때문이 아니라 뇌가 정보를 저장하는 방법이 무조건 외우는 지식 기억에서 이해를 요구하는 기억으로 바뀌었기 때문이다. 따라서 중학교까지는 머리가 좋으면 수업만 잘 들어도 공부를 잘할 수 있지만, 고등학교부터는 이해와 반복을 병행해야만 공부를 잘할 수 있다.

④ 무의식적 기억

무의식적으로 저장되는 기억을 말한다. 무의식적 기억은 쉽게 잊혀지지 않으며 오래 기억된다. 따라서 무의식적으로 배운 것은 쉽게 고쳐지지가 않아 마법의 기억이라고 이야기한다.

무의식적인 기억은 다른 기억에 비해 학습의 전이 현상이 잘 나타난다. 즉 축구를 잘하는 사람이 족구도 다른 사람보다 잘하는 이치와 같다.

장기 기억을 높이는 기적의 복습법

에빙하우스Ebbinghaus, 1850~1909는, 기억은 계속 재생하지 않으면 결국 잊어버리게 된다고 하였다. 에빙하우스는 한 번 입력된 기억을 재생하지 않고 그대로 둔 경우 시간의 경과에 따라 기억률이 떨어지는 관계를 다음과 같이 측정하여 나타냈다.

망각률(%) = (처음 학습에 소요된 시간 – 복습에 소요된 시간) ÷ 처음 학습에 소요된 시간×100

즉, 망각률(기억을 잊어버리는 비율)은 처음 학습에 소요된 시간에서 복습에 소요된 시간을 뺀 다음 이를 다시 처음

학습에 소요된 시간으로 나눈 수에 100을 곱한 것이다. 이를
그래프로 나타낸 것이 망각곡선이다. 인간의 망각곡선은 다
음과 같다.

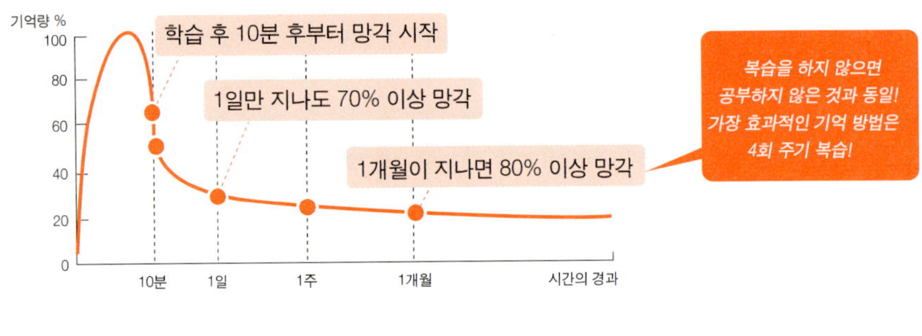

에빙하우스의 망각곡선

　에빙하우스는 인간의 기억은 시간의 제곱에 반비례하여
시간이 지날수록 기억을 더욱 빨리 잊어버린다고 하였다. 결
국 감소하는 기억을 오래 보존하기 위한 가장 좋은 방법은
반복 학습이다. 따라서 기억을 오랫동안 유지하기 위해서는
망각곡선의 주기에 따라서 적절한 시점에 적절한 반복 학습,
즉 복습을 하는 것이 중요하며 같은 양의 반복 학습을 한다
면 한꺼번에 오랫동안 하는 것보다 일정한 간격으로 여러 번
학습하는 편이 훨씬 더 효과적이라 하겠다.

　다시 말해, 학습한 내용을 잊지 않고 오랫동안 기억하기
위해서는 그것을 10분 후 복습, 1일 후 복습, 1주일 후 복습,

1개월 후 복습을 하는 것이 효과적이다. 즉 10분 후에 복습하면 1일 동안 기억되고, 다시 1일 후에 복습하면 1주일 동안, 1주일 후에 복습하면 1개월 동안, 1개월 후에 복습하면 6개월 이상의 장기 기억이 된다.

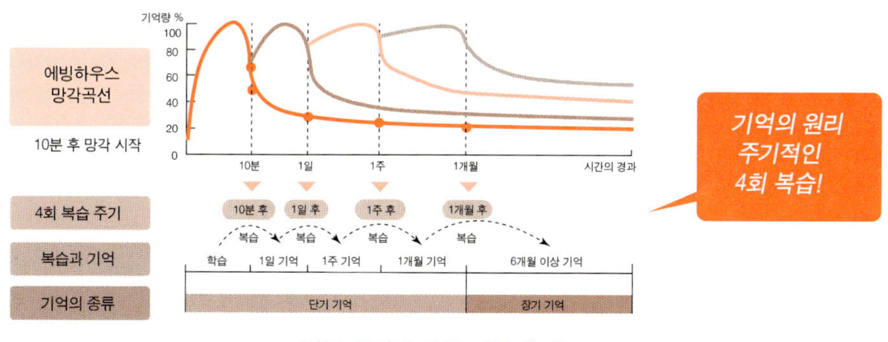

반복 주기에 따른 기억 유지

마인드맵의 창시자인 부잔Tony Buzan도 《당신의 뇌 사용법》에서 에빙하우스의 망각주기를 이용하여 장기 기억을 위한 효과적인 복습 주기를 제안하였다.

부잔은 1시간 학습한 후 바로 10분간 복습을 하면 7일 동안 기억이 되고, 24시간 뒤에 2~4분 동안 복습을 해도 15일 동안 기억되며, 7일 뒤에 2분 동안 복습하면 1개월 동안 기억이 되고, 1개월 뒤에 잠시 보면 6개월 이상 장기 기억된다고 하였다. 그 이후로도 몇 달 만에 조금씩만 보아도 영구 기억이 될 수 있다고 하였다.

구분	시간 경과	복습량	기억 기간
1	1시간	10분	7일
2	24시간	2~4분	15일
3	7일	2분	1개월
4	1개월	조금	6개월
5	6개월	조금	반영구 기억

결국 에빙하우스나 부잔에 따르면 장기 기억을 하는 데 가장 중요한 것은 일정한 주기에 따라서 반복적인 복습을 하는 것이다. 따라서 학습을 하고도 기억이 나지 않는다거나, 혼동이 된다고 하는 학생들에게는 기억을 정확히 하고 오래 유지할 수 있도록 주기적인 복습 방법을 지도해 주는 것이 좋다. 학생들에게 추천하는 학습 방법은 학습이 끝나고 10분간 쉬는 동안 전 시간에 공부한 내용을 복습하는 것으로써, 이것이 시간을 가장 효율적으로 활용하는 방법이다. 만약 그 시간에 복습을 하지 않고 그날 밤이나 다음 날로 미룬다면 그만큼 시간의 경과에 따라 기억이 소멸하기 때문에 복습하는데 더 많은 시간을 들여야 한다.

이 검사의 목적은 여러분의 예습, 복습 습관을 알아보려는 것입니다. 이 질문에 답을 하는 동안 여러분은 자신의 예습, 복습의 중요성을 생각해 보고 습관으로 만드는 기회가 될 것입니다. 솔직하게 대답해 주십시오. 질문에 대한 답은 "예"와 "아니요"로 체크해 주세요.

	문 항	예	아니오
1	수업이 시작되기 전 쉬는 시간에 미리 배울 내용의 본문을 읽는다.		
2	예습, 복습에 동영상 수업을 활용한다.		
3	평소에 교과와 관련된 쉽고 재미있는 책을 읽는다.		
4	수업이 종료되면 배운 내용을 복습한다.		
5	오늘 배운 것은 집에서 다시 전체적으로 복습한다.		
6	수업 시간의 필기 내용을 다시 필기한다.		
7	교과서에 나와 있는 문제를 모두 푼다.		
8	수업 내용이 기억나지 않으면 참고서로 찾는다.		
9	예습, 복습 노트를 만들어 사용한다.		
10	주말을 이용해 1주일 단위로 복습한다.		
	"예"에 답한 총 개수 ( ) 개		

| 암기력 분석하기 |

구분	유형		
"예"에 표시한 개수	8~10개	4~7개	0~3개
유형	A	B	C

[A 유형]

• 예습, 복습 전략을 잘 아는 형으로 예습, 복습을 잘하는 학생이다.

• "아니요"라고 답한 것만을 찾아서 부족한 부분을 지도해 주면 된다.

[B 유형]

• 예습, 복습 전략을 대충 아는 형으로 평소 예습, 복습을 하는 방법을 모르는 학생이다.

• "아니요"라고 답한 것만을 찾아서 부족한 부분을 지도해 주면 된다.

[C 유형]

• 예습, 복습 전략을 전혀 모르는 형으로 평소 예습, 복습을 하지 않는 학생이다.

• 전반적으로 시간 관리 전략에 대해 처음부터 숙달되도록 지도해 준다.

05

수업 몰입의
핵심 비결

　　몰입이란 하나의 문제에 집중하여 자신의 잠재력을 최대한 발휘하여 문제를 해결하는 능력을 말한다. 수업에서 몰입은 수업에 집중하여 자신의 잠재력을 최대한 발휘하여 공부를 잘하게 되는 것을 말한다.

　　수업에 몰입한다는 것은 공부를 잘하는 것만이 아니라 수업에 대한 가치관을 변화시키고, 사고방식이나 습관을 변화시키게 된다. 즉 수업에 대해 긍정적인 생각으로 열심히 들어야 한다는 가치관과 수업을 들을 때는 수업에 자동적으로 집중력을 길러 주고, 습관으로 정착하게 된다.

　　몰입은 이처럼 공부를 잘하게 하는데 중요한 역할을 하지만, 더욱 중요한 것은 몰입하게 되면 즐거움을 준다는 것이다. 모든 생각을 버리고 오직 수업에 몰두하여 자신의 잠재능력이 발휘되는 것을 느낄 때 사람들은 나름대로 성취감을 느낀다. 이것이 바로 몰입이 주는 즐거움인 것이다. 몰입의 즐거움을 느끼게 되면 그때부터는 수업에 집중하는 것 자체가 즐거워지고, 원하는 성적을 얻을 수 있게 된다. 그러나 수업에 몰입하기까지는 무작정 수업에 집중한다고 생기는 것이 아니라, 수업에 쉽게 몰입을 하기 위해서 기초가 형성되어야 한다.

　　수업에 몰입하기 위한 기초 전제 조건은 먼저 수업을 완벽하게 듣기 위해서 수업에 대한 준비를 철저히 해야 한다. 그리고 수업이 시작되면 선생님의 설명을 집중해서 듣고, 수업 중에 모르는 것을 질문해야 한다. 그리고 수업의 몰입을 도와주는 것이 바로 노트 필기인 것이다.

　　이번 단원은 수업에 몰입하기 위한 방법들을 구체적으로 알아보는 데 있다.

필기가 수업의 집중과 성적을 올리는 비결이라는 H군

H군은 서울의 중학교 3학년 학생으로 전교 1등을 놓치지 않고 있다. H군은 자신의 학습 비결을 노트 필기라고 한다. H군은 노트는 내가 잘 모르는 부분과 꼭 알아 둬야 할 부분만을 골라 정리하기 때문에 '맞춤식 공부'를 할 수 있다며 노트 필기의 중요성을 강조했다.

H군은 평소에 노트 필기를 열심히 한다. 사회, 가정·기술 등 암기 과목은 공부하기 편하게 교과서 여백에다 바로 써넣고 과학, 수학 과목은 따로 노트를 만들어 정리한다. H군은 노트 필기를 하기 위해서 수업에 집중할 수밖에 없으며 수업에 집중하다 보니 성적은 자연적으로 좋게 나올 수밖에 없다고 하였다.

요즘에는 학교 시험에서 서술형 문제가 자주 출제되기 때문에 서술형 문제에 대비하기 위해 노트 필기를 예전보다 자세하게 써놓는다고 한다. 예전처럼 요점만 공부하면 90점은 맞을 수 있지만 100점을 맞으려면 서술형 문제에 익숙해지기 위해서 필기를 자세하게 하는 것이 좋다고 한다.

H군은 시험을 앞두고 보통 3주 전부터 시험 준비를 시작하는데, 첫째 주에는 국어, 영어, 수학 과목을 학교 진도에 맞춰 평소처럼 공부하면서 암기 과목 교과서를 한 번씩 읽는다고 한다. 둘째 주에는 지금까지 필기한 전 과목 노트를 두 번 정도 읽으면서 외울 부분을 체크하고 교과서에 나와 있는 문제를 꼼꼼히 푼다. 3주차에는 지금까지 공부한 내용을 바탕으로 문제집을 구입해 문제에 대한 변별력과 적응력을 키운다고 한다. 그리고 마지막으로 노트에서 중요하다고 표시한 부분이나 시험에 나온다고 예시해 준 부분을 집중적으로 점검하는 순서로 공부를 한다. H군의 이러한 공부 방법은 항상 시험에서 좋은 결과를 가져왔다고 한다.

H군의 노트 필기 노하우를 보면 우선 과목별로 노트를 정해서 코넬식 노트 필기를 하되 학교에서는 수업에 집중하다 보니 정성스럽게 하지 않고 대충 알아볼 만큼만 빠르게 써나간다. 그리고 집에 와서 수업을 생각하면서 정성스럽게 다시 작성하면서 복습한다.

  H군은 수업 중에 선생님이 말씀하신 내용은 잡담이라도 다 받아 적을 정도로 수업에 집중한다고 한다. 수업 중 많은 필기를 하게 되면 실제 시험에는 안 나오더라도 나중에 시험 공부를 할 때 이해가 안 되는 문제나 기억이 잘 안 날 때 관련 내용이 연상되기 때문에 효과적이라고 한다.

  H군의 성공 비결을 보면 수업을 빠짐없이 듣고 가능한 모든 것을 필기하여 복습할 때 활용함으로써 전교 1등의 성적을 유지할 수 있었다고 한다.

수업에 몰입하려면 준비를 해야 한다

고사성어 중에 유비무환有備無患이란, 평소에 준비가 철저하면 후에 근심이 없음을 뜻한다. 수업에 집중하기 위해서는 수업을 듣기 전에 수업 준비를 해야 한다. 수업 준비는 선생님만 하는 것이 아니라 학생들도 해야 한다.

수업이 시작되기 전에 수업을 잘 들어야겠다는 생각을 가지고 교과서나 노트 등을 꺼내 놓고 준비하면 수업에 집중하는데 어려움이 없다. 그러나 수업 종이 치고 나서 뛰어들어오게 되면 숨이 차게 되고 제대로 수업에 집중하기가 어렵다. 수업을 잘 듣기 위해서는 다음과 같이 수업 준비가 필요하다.

1. 전날 수업 준비물을 준비한다.

수업에 집중하기 위해서는 반드시 전날부터 준비를 철저

히 하는 데서 시작한다. 수업에 필요한 숙제나 준비물을 확실히 준비하면 수업에 몰두할 수 있다. 따라서 수업 전날에 다음날 수업에서 필요한 숙제나 준비물은 있는지를 최종적으로 확인하고, 교과서나 참고 자료는 무엇을 챙겨야 하는지를 준비해야 한다.

수업 준비를 제대로 하지 않아 준비물을 준비하지 못하게 되어 낭패를 경험하기도 하고, 때로는 친구에게 빌리러 돌아다녔던 난처한 경험을 한번쯤 해보았을 것이다. 교과서나 노트를 준비하지 않아 수업 중에 교과서나 노트가 없어서 '어차피 필기도 못하는데, 이번 시간은 그냥 넘어가지' 라는 생각에 수업에 집중하지 못한 경험을 가지고 있을 것이다.

문제는 준비물이나 과제를 가져오지 않게 되면 개인적으로 어려움을 감수하는 것으로 끝나는 것이 아니라 선생님으로부터 지적을 받거나 수행평가 점수 감점을 당하게 될 때도 있다. 수업 중에 해당 선생님에게 지적받으면 기분이 나빠져서 수업에 집중하기 힘들어 진다. 또한, 수행평가 점수를 감점당하는 것은 시험 문제 하나 틀린 것보다 더 안타까운 때가 잦다. 미리 준비물이나 과제를 준비했다면 수행평가 점수 감점을 당하지 않을 수 있었기 때문이다. 수행평가로 감점당하는 1점을 얻기 위해서는 많은 시간을 노력해야 한다.

이러한 낭패를 당하지 않으려면 취침을 하기 전에 1~2분
만 투자하면 된다. 1~2분만 시간을 투자하여 수업에 필요한
숙제나 준비물을 미리 준비한다면 다음날 수업을 집중하는데
어려움이 없게 된다.

2. 수업이 시작되기 전에 필요한 물품을 책상 위에 준비한다.

수업이 시작되기 전에 수업에서 사용하게 될 교과서와 노
트를 책상 위에 펼쳐 놓고 해당 단원을 펼쳐서 수업을 준비
한다. 그리고 필기에 사용할 필기도구와 기타 필요한 물품들
을 미리 책상 위에 쓰기 좋게 진열해 둔다.

3. 수업이 시작되기 전에 다짐을 한다.

수업이 시작되기 전에 마음속으로 "내가 이 수업을 들으면
원하는 꿈을 이룰 수 있다."라든지 "수업을 듣게 되면 공부를
잘할 수 있다.", "수업을 잘 들어서 선생님이나 부모님으로부
터 칭찬을 들어야 겠다."라는 다짐을 한다. 이러한 다짐은 결
국 마음을 긍정적으로 바꾸고 수업에 대한 집중력을 높일 수
있다.

4. 수업이 시작되기 전에 생각을 비운다.

수업이 시작되기 전에 모든 생각을 말끔히 정리하는 습관

을 가진다. 수업이 시작되었는데도 걱정이나 고민 또는 다른 생각이 지배한다면 수업이 제대로 들어오지 않기 때문이다. 따라서 수업이 시작되기 전에 마음속에 있는 모든 생각을 깨끗이 지우도록 해야 한다. 만약, 마음을 혼란스럽게 하는 고민거리가 있다면 마음속에 하얀 도화지를 생각한다. 그러면 머릿속도 상쾌해지고 수업 내용이 잘 들어오게 될 것이다.

5. 수업 계획표를 작성한다.

수업이 시작되기 전에 간단히 수업 시간에 무엇을 공부해야 할지, 어떻게 수업을 들을지 계획표를 작성한다. 수업 계획표를 작성하고 수업을 들으면 수업을 계획적으로 들을 수가 있으며, 수업에 대해 능동적이고 참여할 수 있게 된다. 수업 계획서를 작성하는 일이 처음에는 번거롭지만 시간이 지나서 습관이 되면 수업이 시작되기 전에 습관적으로 하게 된다.

6. 수업을 예상한다.

수업 중에 선생님이 어떤 내용으로 수업을 할지를 예상해 본다. 교과서를 중심으로 수업을 할지, 혹은 자체적으로 만든 프린트를 활용할지를 생각해 본다. 또는 학습 목표를 중심으로 중요한 개념만 짚고 넘어가는지, 혹은 세세한 내용까지 다룰지 등을 상상해 본다. 이에 대한 수업 준비를 하면 수

[표 5-1] 수업 계획표

구 분	내용
도입 단계	전 시간에 배웠던 내용 핵심은 무엇인가?
전개 단계	이번 시간에 배울 학습 목표는 무엇인가? 이번 시간에 배울 핵심 내용은 무엇인가? 새롭게 알게 된 것은 무엇인가? 선생님이 특별히 강조한 것은 무엇인가?
정리 단계	다음 시간에 배울 내용은 무엇인가?

업이 시작되어도 쉽게 적응하고 집중력을 기를 수 있다.

특히 초등학생이 중학교에 진학하게 되면 수업 시간마다 교사가 바뀌는 점이 낯설어서 적응이 안 되는 경우도 있다. 교과별로 담당 교사가 다르기 때문에 교사별 수업 진행 및 평가 방식을 정확히 파악하여 그에 맞는 수업 준비를 해야 한다. 따라서 과목별 선생님의 특징과 준비 사항을 적어 두었다가 수업 시작 전 다시 살펴보면 수업에 적응하기 쉽고 학습 효율도 높일 수 있다.

7. 수업 태도를 평가한다.

수업 끝나면 자신의 수업 태도를 간단히 점수화해 평가한다. 수업 태도는 총 10개를 점검하며 "예"라고 한 것을 1점으

로 계산한다. 매 수업 시간마다 평가하여 10점이 나올 수 있
도록 수업 태도를 바꾸어 본다.

[표 5-2] 수업 태도 평가지

	문항	예	아니오
1	나는 수업에 집중하였다.		
2	나는 수업 중에 다른 생각을 하지 않았다.		
3	나는 수업 중에 친구와 잡담하지 않았다.		
4	나는 수업 중에 강의 내용을 놓치지 않았다.		
5	나는 수업 중에 노트 필기를 다했다.		
6	나는 배운 내용 중에서 무엇이 중요한 것인지 파악했다.		
7	예습한 내용과 수업 내용이 일치하였다.		
8	수업 시간이 즐거웠다.		
9	수업 내용 중에 모르는 것이 없었다.		
10	모르는 것은 바로 질문하였다.		

1교시	2교시	3교시	4교시	5교시	6교시	7교시	8교시

하루의 3분의 1을 차지하는 수업 시간을 제대로 활용해야 학습의 효과를 최대화할 수 있다. 공부를 잘하는 학생치고 수업에 집중하지 않는 학생이 없다. 그만큼 수업이 중요하기 때문이다. 수업의 핵심은 수업 시간에 선생님의 설명에 최대한 집중하는 것이다. 아무리 예습을 통해 충분한 수업을 준비했다고 해도 정작 수업 시간에 선생님의 설명을 놓치면 무용지물이다. 수업 시간에 선생님 설명을 귀담아들으면 복습할 때 생각이 바로 나지만, 제대로 듣지 않으면 복습할 때 생각이 나지 않아 복습 시간이 배로 들어 시간을 낭비하는 결과가 된다. 그렇다면 수업 시간에 집중하기 위해 무엇을 어떻게 해야 하는지를 알아보면 다음과 같다.

1. 선생님과 눈을 마주쳐라.

가끔 수업 시간에 집중하기 위해 책을 들여다보는 학생들이 있다. 그러나 책을 들여다보고 있으면 나도 모르게 선생님의 말씀이 아니라 잡생각으로 빠질 위험이 크다. 수업 시간에 집중하기 위해서는 수업에 대한 교감을 나누듯 선생님과 눈을 마주치는 자세가 필요하다. 선생님과 눈을 맞추면 선생님은 자기에게 주목하고 있다는 생각에 수업을 더욱 열심히 하시고, 자신을 집중해서 쳐다보는 학생들에게 좋은 마음을 갖게 된다.

2. 다이아몬드 존에 앉아라.

공신들은 수업 시간에 앞자리에 앉는 것만으로도 집중이 잘된다고 말한다. 선생님의 수업에 몰입하기 위해서는 선생님의 시각 안에 들어가는 것이 좋다. 선생님의 시각은 교탁을 중심으로 다이아몬드 형태의 자리를 말한다. 선생님은 수업하면서 다이아몬드 존을 제일 많이 응시한다. 그렇기 때문에 다이아몬드 존에 앉은 학생들은 다른 행동이나 생각을 갖기가 어려워 당연히 수업에 집중할 수밖에 없다. 다이아몬드 존 이외에 앉게 되면 사각지대처럼 선생님 눈에 띄지 않게 되어 자기도 모르게 딴짓을 하게 될 가능성이 많다.

3. 모르는 것을 없게 한다.

수업은 선생님의 설명을 일방적으로 듣기만 하는 시간이 아니다. 모르는 것이 무엇인지 파악하고, 그 내용을 내 것으로 만들기 위해 노력해야 한다. 공부를 잘하는 학생들은 수업 시간 동안 자신이 모르는 것을 파악하여 선생님께 질문한다. 따라서 어떤 수업이든 듣게 되면 이 시간에 배운 것은 완벽하게 소화한다는 생각으로 수업에 집중해야 한다.

4. 스스로 질문한다.

수업을 완벽하게 소화하기 위해서는 수업이 끝날 때쯤 '선생님이 오늘 수업 시간 중 특히 어떤 부분을 강조하셨는가?', '이번 단원에서 핵심적인 부분은 무엇인가?' 라는 질문을 스스로 한다. 스스로 하는 질문에 대한 답을 찾게 되면 완벽하게 수업을 소화한 것이 될 수 있다. 결국 이러한 질문은 수업에 집중하는 습관을 길들이는 데 도움이 될 뿐만 아니라 유의미한 새로운 지식을 쌓아갈 수 있다.

5. 중요한 것은 체크한다.

수업 시간에 선생님이 강조한 부분에 대해 주목한다. 실제로 학교 시험은 선생님이 강조하는 내용을 중심으로 출제되는 경향이 많다. 선생님은 해당 과목의 전문가라 어떤 부분이 중요한지 가장 잘 알기 때문에, 공부해야 할 내용과 중요한 내용에 대해서 정확히 알려준다. 그뿐만 아니라 선생님은 오랫동안 시험을 출제했기 때문에 수업 중에 예고를 하는 경우가 많다. 예를 들면 수업 시간에 "이것은 시험에 꼭 나온다.", "~은 예전에 기출문제다.", "~은 별표를 해라.", "~은 밑줄을 그어라.", "~은 꼭 기억해라."라고 강조하거나 반복해서 설명하는 경우가 많다. 수업을 들으면서 이처럼 설명하는 부분은 반드시 노트나 교과서에 표시해야 한다.

특히 시험 1주일 전을 잘 활용해야 한다. 시험 1주일 전에는 이미 시험 문제를 출제한 상태라 대부분의 교사들은 시험에 출제한 내용을 강조해서 설명하는 편이다. 따라서 선생님께서 중요한 것과 반복해서 설명한 것은 절대 놓치지 말고 꼼꼼하게 기록해 놓아야 한다.

6. 선생님의 태도를 분석한다.

수업 중에 나타나는 선생님의 태도를 자세히 보면 시험을 잘 보는 데 도움이 된다. 선생님이 수업 도중 얼굴 표정이 갑자기 달라지거나, 의미심장한 표정을 짓는 경우를 발견하면 시험에 나오거나 중요한 부분일 수 있기 때문에 해당 부분을 노트나 교과서에 꼭 표시해야 한다. 따라서 수업 시간에 선생님의 태도에 대하여 민감하게 반응하는 습관을 들이는 것도 좋다.

7. 질문하라.

최상위권 학생들과 중하위권 학생들의 차이 중 중요한 차이가 바로 질문이다. 이해도로 보면 중하위권 학생들이 질문할 것이 더 많을 것 같은데, 의외로 질문은 주로 최상위권 학생들에게서 나온다. 이들은 모르거나 이해가 안 되는 부분을 해결하지 못하면 다른 수업 내용에도 집중이 안 되기 때문에 질문을 해서 해결한다고 한다. 수업 시간에 모르는 내용을 질문하고 선생님의 대답을 듣는 과정만으로도 수업에 적극적, 능동적으로 참여할 수 있다.

8. 질문에 대답하려고 하자.

수업 중 선생님은 설명만 하시는 것이 아니라 질문을 던지신다. 이때 대부분의 학생들은 나에게 던지는 질문이 아니면 대답하지 않는 경향이 있다. 그러나 불특정 다수에게 질문을 하셨다고 해도 먼저 대답하려는 자세를 가져보아라. 대답하는 자세만으로도 수업을 '나'의 수업으로 가져올 수 있다.

9. 선생님을 싫어하지 말라.

  개인적인 성향으로 선생님을 싫어하는 경우, 반항하듯 수업에 집중하지 않는 학생들이 많다. 그러나 어떤 이유든 수업에 집중하지 않는다는 것은 본인의 손해이다. 공신들의 경우에도 선생님에 대한 선호도는 있지만, 싫어하는 선생님의 수업에 집중하기 위한 나름의 노력을 기울인 경우가 많다. 선생님을 싫어하는 마음으로 수업에 집중하지 않는다는 것은 결국 본인의 손해라는 생각이 필요하고, 특히나 주요 과목일 경우에는 타격이 더욱 커진다. 내가 손해를 보지 않겠다는 생각으로 마음에 들지 않는 선생님일지라도 목소리가 좋다거나 옷을 잘 입는다거나 손가락이 멋있다거나 하는 등 선생님의 좋은 점, 긍정적인 면을 보려고 노력해 보자.

수업 몰입의 노하우

수업에 몰입하기 위해서는 마음을 수업에 파고들어 가서 수업 듣는 것에만 집중해야 한다. 수업에 몰입하기 위해서는 다음과 같은 방법이 있다.

1. 예습한 내용과 수업 내용을 비교한다.

수업이 시작되기 전에 알고 있던 내용을 선생님의 수업 내용과 비교하여 다른 점과 같은 점을 찾아내야 한다. 같은 점은 금방 잊어버리고 틀린 것은 오래 기억된다. 따라서 예습할 때 틀려도 되니 부담을 갖지 말고 많은 상상을 하는 것이 중요하다.

2. 노트 필기를 한다.

수업 중에는 노트 필기를 하는 것이 좋다. 눈으로만 보지 말고 손으로 노트에 옮겨 적으면 기억에 오래 남는다. 요즘에는 동영상을 보거나 유인물로 대치하는 수업이 많아서 선생님께서 판서하지 않는 경우가 많은데, 그래도 나름대로 수업에서 꼭 챙겨야 하거나 기억으로 남겨야 할 경우에는 필기를 하는 것이 좋다. 노트 필기 방법에 대해서는 다음에 자세하게 설명한다.

3. 공부 잘하는 친구를 보고 욕심을 가진다.

수업을 잘 듣기 위해서는 우선 수업을 잘 들어야겠다는 욕심을 가져야 한다. 수업을 잘 듣기 위한 욕심을 갖는 방법 중에는 우리 반에서 공부를 가장 잘하는 친구를 보면서 "나도 저 친구처럼 공부를 잘할 거야!"라고 생각한다. 그리고 그 친구처럼 따라서 수업을 듣고 노트 필기를 하면 수업에 집중하게 된다.

4. 어려워도 수업에 따라가라.

지금까지 그 과목에 대한 공부를 하지 않은 경우, 막상 수업에 집중하려고 해도 모르는 어휘가 많고 이해가 안 되어서 수업에 제대로 집중하기 힘들다. 이럴 때는 이해가 안 되지만 억지로라도 수업을 따라가야 할 것인지 수업 진도와 상관없이 따로 기초부터 공부해야 할지 고민에 빠지게 된다.

처음부터 공부를 잘한 경우가 아니라 공부를 잘 못했다가 공부를 잘하게 된 학생들의 조언을 들어보면, 수업이 어렵고 이해가 안 되어도 무조건 집중하고 따라가 보라고 한다. 어차피 지금 이해가 안 되는 내용도 나중에 따로 시간을 내어 혼자 해야 하는데, 혼자 하는 공부는 아무리 지겹고 이해 안 되는 수업일지라도 그보다 어렵기 때문이다. 그리고 앞선 진도 중 모르는 내용은 따로 시간을 내어 공부하여 만회하는 것이 좋다.

5. 이미 알고 있는 내용이라면 암기하라.

선생님이 하시는 수업 내용을 이미 알고 있는 경우도 있다. 그런데 이런 경우, 대부분의 학생들은 알고 있는 내용을 배운다는 생각에 수업 내용을 잘 듣지 않는다.

공부 습관 검사를 해보면 학원에서 배운 내용으로 수업 시간에 집중을 하지 않게 된다는 항목에서 대부분의 학생들이 그렇다고 답변을 한다. 그러나 최상위권 학생들은 다르다. 이들은 이미 알고 있는 내용일 경우에는 수업 시간을 암기하는 시간으로 활용한다. 어차피 선행으로 배운 내용이라 하여도 완벽하게 암기하고 있는 경우는 거의 없다. 그러므로 수업 시간을 암기를 위한 시간으로 활용한다면 수업 시간을 어설프게 버리는 일도 없을 것이다.

수업 중에 나오는 낱말의 개념을 정확히 알지 못하면 아무리 수업에 집중하려고 해도 수업이 귀에 제대로 들리지 않게 된다. 수업에서 다루는 내용의 개념을 제대로 파악하지 못하면 수업이 진행되어도 무슨 말인지 모르기 때문에 집중하기가 힘들다.

예를 들어 일반인이 의대생의 수업을 듣는다고 생각해 보면, 아무리 잘 들어보려고 해도 모르는 용어가 많이 나오기 때문에 이해가 안 되고, 이해가 안 되면 수업이 재미가 없으며, 수업에 재미가 없으면 집중력이 떨어지게 된다. 따라서 취약 과목일수록 취약한 부분이 많고 모르는 낱말이나 단어가 많으므로 수업을 듣기 전과 들은 후에 낱말이나 단어의 개념에 대한 이해가 반드시 필요하다.

학생 유형별 수업 집중 전략

모든 교사들은 수업 중에 모든 학생이 집중하여 자신의 이야기를 경청해 주기를 바라지만, 학생들에게 있어 수업 시간 내내 집중하기란 쉬운 일이 아니다. 처음에는 경청하고 있다가도 지루해지면 수업 시간에 잡담을 하거나, 잠을 자거나, 휴대전화를 사용하는 등의 행동을 보이는 경우가 있다. 이러한 학생의 행동은 한 학생의 문제만이 아니다. 교실에서 많은 사람들이 함께 수업을 받고 있는 만큼 다른 학생들에게 피해를 줄 수 있으며, 교사도 수업을 제대로 진행하지 못하게 되어 교실의 모든 구성원에게 피해가 되는 것이다. 수업에 집중하지 못하는 학생들의 유형과 해결 방법을 보면 다음과 같다.

1. 수업이 시시한 학생

상위권 학생들 중에서 선생님께서 하시는 수업 내용을 이미 다 알고 있는 경우에는 수업이 시시하게 느껴져서 수업 시간에 집중하기 어려울 수도 있다. 이럴 경우에는 선생님께서 사용하시는 교재 외에 자신이 가지고 있는 참고서나 문제집을 펴놓고 비교하고 대조하면서 읽어 보기를 권한다.

선생님께서 하시는 말씀이 다른 교재에는 어떻게 나타나 있는지 비교, 대조하면서 듣다 보면 수업 시간이 따분할 틈이 없을 것이다.

또 수업 시간을 공부 시간으로 활용하면 된다. 공신들 중 수업 시간에 선생님이 하시는 말씀을 빠르게 머릿속으로 되뇌어 본다는 학생들이 많다. 따로 시간을 내어 암기할 것이 아니라 수업 시간에 선생님이 말씀하시는 것을 암기한다는 자세로 수업에 임하면 수업에 더욱 집중할 수 있다. 아무리 아는 내용이라 하더라도 수업 전에 모든 내용을 암기하고 있는 경우는 거의 없기 때문이다.

2. 조용하지만 딴생각을 자주 하는 학생

수업 시간에 큰 문제를 일으키지도 않고, 졸지도 않고, 조용히 앉아서 수업을 들으나 정작 수업에 집중하지 않는 학생들이 많다. 주의가 산만하면 선생님으로부터 지적이라도 받지만 이런 학생들의 대부분은 겉으로 드러나는 문제는 없으나 안으로는 큰 문제를 내포하고 있다. 수업을 듣다 보면 나도 모르게 다른 생각을 하는 때가 있다. 이것이 습관화된다면 수업 시간의 집중도는 떨어지게 되고 수업을 놓치게 되어 결국에는 수업에 흥미가 떨어지게 된다.

수업 시간에 멍한 상태에 자주 빠지는 학생들은 우선 선생님의 말씀을 빠짐없이 받아 적어 보기를 권한다. 무조건 받아 적는 것도 효율적인 필기법이 아니지만, 다른 생각에 빠지는 버릇을 고치고 수업에 집중하는 습관을 키우기 위해서는 이러한 훈련이 필요하다. 훈련으로 해결되지 않을 때는 선생님, 친구, 부모님과 충분히 상담을 하는 것이 좋다.

3. 필기 습관이 전혀 안 되어 있는 학생

수업 집중 전략 중 적절한 필기가 꼭 필요하다 하여도 필기하는 습관이 전혀 이루어지지 않은 학생들의 경우에는 무엇을 어떻게 적어야 하는지 모르는 경우가 많다. 이럴 경우에는 선생님께서 말씀하시는 부분이나 강조하는 부분에 줄을 치는 훈련부터 필요하다.

처음에는 줄을 치는 습관부터 들이다가 점차 선생님께서 강조하는 내용을 노트에 적는 훈련으로 발전시켜 나가면 된다. 처음부터 너무 무리하게 시키면 거부하거나 포기하는 경우도 있으므로, 조금씩이라도 해왔을 때 칭찬을 해주어 성취감을 가지게 하고 점차 필기 내용을 늘려나가는 전략과 훈련이 필요하다.

4. 수업 시간에 자는 습관이 있는 학생

수업 시간이 되면 잘 준비를 하는 학생들도 있다. 수업 시간에 조는 행위는 교사와 학생의 의욕을 모두 떨어뜨릴 뿐만 아니라, 전체적인 교실 분위기에 영향을 미쳐 수업 자체의 질이 떨어질 수 있는 문제를 가지고 있다. 수업 시간에 특히 점심시간 이후나 이른 아침이라면 수업 시간에 조는 학생이 많아지게 된다. 특히 지겹거나 관심 없는 수업일 경우 특히 더 그러하다. 흥미가 없어서 자는 경우라면 어떻게 해서든 과목에 대한 흥미와 관심을 가져야 한다. 이럴 때는 수업이 자신에게 반드시 필요한 것이라고 생각하거나, 질문을 통해서 수업에 능동적으로 참여하는 것도 좋은 방법이다.

특별히 흥미가 없거나 어렵지 않은 데도 조는 학생들의 경우에는 생활습관을 들여다볼 필요가 있다. 공신들의 수면 관리 기준은 "다음 날 학교 수업 시간에 졸지 않을 정도의 수면 시간"이라고 한다. 아무리 해야 할 공부가 많아도 졸려서 수업 시간에 집중하지 못할 바에는 차라리 자는 게 낫다는 것이 공신들의 생각이다. 그러나 보통 학생들은 새벽 1~2시까지 공부한 것은 굉장히 뿌듯하게 생각하면서 수업 시간에 졸거나 자는 것에 대한 반성은 하지 않는다. 수업 시간에 집중하는 것이 중요하다는 것을 깨달았다면 이제는 수업 시간에 졸지 않을 정도의 수면 시간을 본인 스스로 체크하고 관리해 나가는 전략이 필요하다.

5. 수업 중 휴대전화를 사용한 학생

요즘 학생들에게 휴대전화는 필수다. 그래서 수업 시간에도 문자를 보내거나 수업 도중에 통화하는 경우를 종종 볼 수 있다. 결과적으로 휴대전화를 수업 중에 활용하게 되면 자신은 수업에 집중을 못 하게 되어 수업을 놓치게 되지만, 다른 학생들에게도 피해를 주게 된다. 따라서 학교별로 휴대전화를 수업 시간에는 수거했다 수업이 끝나면 돌려주는 학교도 있다. 그러나 정작 중요한 것은 이러한 금지보다는 자율적으로 수업 시간에는 사용하지 않고 쉬는 시간을 이용해서 사용하는 습관을 기르는 것이 중요하다.

6. 수업 시간에 잡담을 즐기는 학생

수업 시간의 잡담은 교사의 수업 흐름에 방해가 될 뿐만 아니라 다른 학생에도 피해를 주게 된다. 따라서 수업 시간에는 잡담을 하지 말아야 한다.

7. 지각 및 결석을 잘하는 학생

학생들이 수업 시간에 늦게 들어오게 되면 책상을 옮기는

소리, 의자를 끄는 소리, 문을 여닫는 행위들로 인해서 수업
에 방해를 받게 된다. 또한, 그러한 소리들로 인해서 학생들
과 교사의 시선이 옮겨짐으로 인해 수업의 집중력이 떨어질
수 있다. 결석이 많은 경우 수업의 적극적인 참여 분위기가
조성되지 못하여 수업의 질이 떨어지는 문제를 가져올 수 있
다. 따라서 수업에서 지각과 결석을 하지 않도록 해야 한다.

8. 수업 내용이 어렵다고 하는 학생

수업 시간에 배우는 내용이 이해되지 않는다면 집중이 안
되는 것은 당연하다. 알아듣지 못하는 수업을 들으며 가만히
앉아 있어야 하니까 곤욕스럽기까지 하다. 이런 경우에는 이
해가 안 되는 부분에 대해서 복습을 충분히 하고, 다음 수업
이 시작될 때는 예습에 좀 더 시간을 투자하여 시간이 걸리
더라도 기초부터 다지고 넘어가야 한다.

9. 항상 피곤한 학생

요즈음에는 초등학교 고학년만 되어도 늦은 밤까지 학원을
전전하거나 새벽까지 공부하다 보니 잠이 부족한 경우가 많
다. 결국 피로가 풀리지 않은 상태로 수업을 듣게 되고, 집중
력은 현저하게 떨어져 잠만 오게 된다. 이런 경우에는 무리한
스케줄은 피하고 충분히 쉬며 수면을 취하는 것이 좋다.

10. 선행학습을 한 학생

학원을 다니는 학생들은 이미 학원에서 선행학습을 하는 경우가 많다. 선행학습을 하게 되면 학교에서 하는 수업은 이미 다 들었기 때문에 재미가 없게 된다. 이러다 보면 수업 시간의 흥미도와 집중도는 눈에 띌 정도로 떨어지게 된다. 따라서 학원에서의 선행학습은 수업 내용을 흥미롭게 받아들일 수 있도록 예습 정도에서 끝내는 것이 좋다. 이미 선행학습을 해서 다 알더라도 선행학습과 학교 수업과의 차이를 분석하면서 다른 점과 새로 배운 것이 무엇인지를 찾는 것도 수업에 집중하는 좋은 방법이다.

11. 수업 중에 다른 공부를 하는 학생

수업이 지루하거나 이미 선행학습을 했을 때는 수업 시간에 다른 공부를 하기도 한다. 그러나 수업과 상관없는 공부를 하면 선생님의 시선을 계속 의식해야 하기 때문에 잘 집중되지도 않을뿐더러 계획적인 공부가 아니기 때문에 결과적으로 효과도 높지 않다. 따라서 당장에는 불필요한 내용이거나, 이미 잘 아는 내용이라도 주의해서 들으면서 새롭게 배운 내용을 찾아보거나 기억을 더 새롭게 재구성해서 완전하게 할 수 있다.

질문은 수업의 보약이다

공부 잘하는 학생들의 또 다른 특징 중 하나는 수업 중에 질문을 잘한다는 점이다. 질문은 모르거나 의심나는 점을 물어 보는 것을 말한다. 영어로 질문을 'Question'이라고 하는데, 이는 무엇인가를 발견하거나 구하는 행위를 뜻하는 'Quest'의 파생어다. 따라서 질문은 능동적이 될수록 효과가 높아진다는 것을 알 수 있다. 결국 질문이란 지식을 발견하기 위한 적극적인 행위이며 도구라고 할 수 있다.

질문은 예습할 때 잘 몰랐던 부분을 교과서에 표시해 두고, 질문 기회가 왔을 때 적극적으로 하는 것이 좋다. 수업 내용 중에서 모르는 것이 생겼는데 수업 시간에 충분히 해결되지 않으면 복습할 때라도 충분히 해결해야 한다. 만약 모르는 부분이 있는데 넘어가기 시작하면 점점 주변 내용이 기억나지 않아서 결국에는 과목 전체를 모르게 된다.

수업 중에 이루어지는 질문은 수업 전에 했던 예습한 내용을 반복 학습할 수 있다. 또한, 이해되지 않는 내용을 명확하게 이해할 수 있는 계기를 만들 수 있다.

두뇌와 관련된 한 연구 결과에 따르면 질문이나 타인에게 설명하기 같이 적극적인 태도로 공부한 내용은 장기 기억으로 저장되는 효과가 있다. 스스로 질문하고 교사에게서 답을 듣는 과정 전체가 두뇌에 각인된다. 자신의 질문뿐 아니라 다른 학생들의 질문을 주의 깊게 듣는 노력도 필요하다. 자신이 놓친 점을 발견할 수 있기 때문이다.

질문을 하기 전에는 모르는 내용에 대해서 스스로 문제를 풀기 위한 충분히 고민을 해보고, 정말 모를 때 질문하는 것이 효과적이다. 질문에 대해 궁금증이 생기면 생길수록 기억에 오래 남지만, 충분히 고민을 해보지 않고 질문을 하면 답변을 듣더라고 오랫동안 기억에 남지 않게 된다. 때문에 최대한 노력해 보고 질문해야 자기 머릿속에서도 자동적으로 내용이 정리되고 질문의 핵심을 알 수 있게 된다.

수업 중에 선생님은 학습 내용을 설명한 다음 "잘 모르는 학생들은 질문하라."라고 한다. 그러나 학생들은 잘 몰라도 질문하지 않고 넘어가는 경우가 많다. 학생들이 수업 중에 질문하지 않는 이유를 보면 다음과 같다.

- 질문을 하게 되면 자신이 모르는 것을 남들에게 솔직하게 말하는 것 같아 창피하게 느껴지기 때문이다.
- 자신이 질문하는 것이 수업에 방해가 될 것이라고 생각하기 때문이다.
- 질문하는 것이 익숙하지 않기 때문이다.

이러한 생각을 갖게 되는 것은 수업과 선생님에 대한 배려가 지나치기 때문이다. 실제로 많은 교사들은 수업 중에 활발한 질문과 토론이 일어나길 바라고 있다. 수업 중의 질문은 학생 개인에게만 이익이 있는 것이 아니라 교사들에게도 교사와 학생, 학생 상호 간의 의사소통을 증진시키는 수단으로 교육적 의의를 가진다.

그뿐만 아니라 수업에서 질문의 활용은 학생들의 사고를 촉진하는 것을 근본 목적으로 하며, 질문을 통해 교사는 학생들의 비판적 사고, 반성적 사고, 합리적 사고 등 다양한 형태와 수준의 사고를 자극하고 이끌어줄 수 있다. 그래서 교사들은 학생들의 능동적 참여를 통한 역동적 수업 진행을 위해서는 학생들이 다양한 질문을 할 수 있는 기회를 제공하려고 한다.

특히 질문은 주의를 환기시키고 학생들의 호기심과 지적

활동을 자극하여 적극적 수업 참여를 유도하는 데 효과적이기 때문에 수업 중에 학생들이 활발하게 질문하는 것을 원하고 있다.

질문에도 요령이 있다

이제부터 수업 시간에 자신이 이해하기 어려운 부분이나 더 알고 싶은 것이 있다면 스스럼없이 질문을 해보자. 평소에 자신감이 부족해서 질문하기를 꺼려하는 학생이라면 예습할 때 질문할 것을 미리 정해서 다음과 같은 요령으로 실전처럼 연습해 보는 것이 필요하다.

1. 간결하게 질문해야 한다.

문장이 너무 복잡하고 길면 듣는 선생님이 이해하기 힘들다. 한 가지 주제를 짧은 문장으로 만들어 간결하게 질문하는 것이 좋다.

> **예** 선생님, 고려 시대의 최무선이 왜 대포를 만들었으며, 어떤 과정으로 만들었나요?(X)
>
> 선생님! 고려 시대의 최무선이 왜 대포를 만들었나요?(○)

2. 명확하게 질문해야 한다.

질문은 듣는 사람이 명확하게 이해를 해야 질문에 대한 답을 하기가 쉽다. 질문을 명확하게 하기 위해서는 추상적인 표현을 삼가고 구체적으로 정확하게 표현하는 것을 말한다.

> **예** 이순신 장군은 왜 훌륭한가요?(X)
>
> 이순신 장군은 몇 번을 싸워서 이겼나요?(O)

3. 한 번에 한 가지씩 질문해야 한다.

질문할 것이 많은 경우에는 여러 번으로 나누어서 하는 것이 좋다. 질문할 때 한 번에 너무 여러 가지 질문을 섞어서 질문하면 선생님은 구체적인 답을 하기 어려울 때가 있다. 따라서 한 번에 한 가지 질문을 하고, 질문에 대한 답을 들은 후에 다음 질문을 하는 것이 좋다.

> **예** 선생님! 미래가 발전하면 어떤 자동차가 나올까요. 만약 그 자동차가 나오면 어떤 변화가 생기나요?(X)
>
> 선생님! 전기 자동차가 나오면 어떻게 되나요?(O)

4. 객관적으로 질문해야 한다.

객관적으로 질문한다는 것은 자신의 의견이나 주장을 넣지 않고 질문하는 것을 말한다. 사실에 의거해 객관적인 질문을 해야 선생님으로부터 명확한 정보를 얻을 수 있다.

예 선생님! 저는 인스턴트 음식이 좋은데 왜 그것이 나쁘다고 하
세요?(X)

선생님! 인스턴트 음식이 왜 나쁜가요?(O)

5. 개방형으로 질문해야 한다.

'예', '아니요' 로 답할 수밖에 없는 폐쇄형보다 다양한 답
이 가능한 개방형 질문을 하는 것이 바람직하다. 그래야 답하
는 이의 사고와 의견이 자유롭게 표현될 수 있기 때문이다.

예 선생님! 라면이 좋으세요?(X)
선생님! 라면을 어떻게 생각하세요?(O)

6. 수업 중에 묻지 못하면 쉬는 시간을 이용해서 해야 한다.

수업 시간에 손을 들고 질문하는 것이 부담스러우면 노트
에 적어 두고 따로 선생님께 찾아가 답을 구하는 것도 좋은
방법이다. 오히려 수업이 끝나고 찾아오면 질문과 답변을 하
는 동안 자연스럽게 선생님과 대화할 기회가 생겨 친해지기
도 한다.

학교 현장에서 오랫동안 학생들을 지도해 본 교사일수록 공부 잘하는 아이들 노트는 분명 다르다고 한다. 수업 내용을 빠뜨리지 않고 노트 필기도 잘하지만, 중요한 것을 꼭 집어준 것이나 중요한 내용들에 대해 체크가 잘되어 있기 때문이다. 노트 필기는 수업 내용을 놓치지 않고 이해하기 위해서는 집중해 듣고 내용을 꼼꼼히 받아 적는 습관을 길러준다. 노트 필기를 하기 위해서는 왜 노트 필기가 중요한지를 알아야 한다. 노트 필기의 중요성을 보면 다음과 같다.

1. 수업 내용을 이해하고 파악하는데 도움을 준다.

학생들이 필기를 잘하기 위해서는 수업을 잘 들어야만 가능하다. 그래서 학생들은 필기를 하기 위하여 수업 중에 능동적으로 집중하여 수업의 흐름을 들으려는 노력과 함께 핵심을 이루는 내용들을 찾아내고 기록하게 된다. 따라서 필기를 하는 학생들은 필기를 하지 않는 학생들에 비하여 수업 내용을 정확히 파악하게 되고 기억에도 오래 남게 된다.

따라서 교사는 학생들에게 교사의 수업 내용을 있는 그대로 적게 하는 것보다는 자신이 이해하는 것을 자신의 언어로 바꾸어 기록하게 하면 훨씬 교육적 효과를 얻을 수 있게 된다.

2. 기억 증진 및 집중의 효과가 있다.

수업 중에 교사가 학생들을 보면 가만히 수업을 듣는 학생들보다는 필기를 열심히 하는 학생들이 수업에 대한 집중이 높은 것을 알 수 있다. 수업만 가만히 듣고 있는 학생은 오히려 다른 생각으로 빠지게 되어 눈만 교사에게 시선을 주고 마음은 다른 곳에 가 있는 것을 발견하게 된다.

따라서 교사는 학생들에게 교사의 수업 내용을 듣고 중요한 것을 노트에 정리하도록 하면, 수업 내용을 보다 적극적으로 이해하는데 도움을 주며 주의를 촉진시킴으로써 기억을 증대시키고 정신 집중을 강화할 수 있다.

3. 복습 효과를 준다.

인간의 기억력에는 한계가 있다. 심리학자들은, 사람은 학습을 한 다음 3시간 후에는 30%가량을 잊어버리고, 삼일 후에는 약 70%를 잊는다고 한다. 이처럼 잊어버리는 속도는 대단히 빠르기 때문에 지속적인 반복을 하지 않으면 아무리 머리가 좋은 학생들도 남는 것이 별로 없게 된다. 성적이 나쁜 학생들 중에는 수업 시간에 노트 정리를 소홀히 하거나 잘못하는 학생이 많다는 사실도 알고 보면 이러한 이유에 근거하고 있는 것이다.

따라서 교사는, 아무리 머리가 우수한 학생이라도 그것을 기억하기가 어렵기 때문에 수업 중에 중요한 내용들을 필기하게 되면 복습이 자연스럽게 이루어져 기억력을 높이는 데 도움이 됨을 알려주어야 한다.

노트 필기는 시험의 쪽집게

지금 시중에는 수많은 공부와 관련된 책들이 많지만, 그중에서 필기에 대해서는 딱히 짚고 넘어가는 책은 많지 않다. 그도 그럴 것이 노트 필기라는 것이 학생이라면 누구나 하는 것, 초등학교에서부터 대학 시절까지 계속 써대는 것이라, 언뜻 특별해 보이기도 하지만 별것 아닌 것처럼 보이기 때문이다. 하지만 분명한 것은 공부 잘하는 아이들이 노트 필기도 잘한다는 것이다. 그렇다면 노트 필기에도 나름대로의 비법이나 비결이 있다고 할 수 있다.

우등생들의 노트 필기 방법을 분석하면 몇 가지 공통 사항이 있다.

1. 각 과목의 단원마다 학습 목표를 필기한다.

학습 목표는 바로 그 단원의 가장 중요한 부분이고 기필코 시험에 나기 때문에 시험 보기 전에 필기한 학습 목표들은 꼭 공부한다.

2. 수업 중에 선생님이 강조하거나 시험에 출제한다고 하는 것은 강조 표시를 한다.

수업 중에 선생님이 꼭 시험에 출제한다고 하는 것은 꼭 시험에 나오기 때문에 반드시 강조 표시를 하고 시험 보기 전에 본다. 또한, 특별히 수업 중에 강조하는 것도 강조 표시를 해서 시험 보기 전에 꼭 본다.

3. 필기한 것은 꼭 수업이 끝난 후에 보고 복습에 활용한다.

필기를 하는 이유는 배운 것을 복습하는 의미에서 하는 것이므로 필기한 것을 꼭 수업 시간이 끝난 후에 보고, 집에서도 반복적으로 보고, 시험 볼 때도 보면 시험을 잘 보는 데 도움이 된다.

4. 노트 필기는 수업을 들은 후 남는 시간에 필기한다.

노트 필기는 수업을 듣고 중요한 것을 복습하는 차원에서 필기하는 것이다. 그러나 필기에 집중하다 보면 수업 내용을 무시하면서 필기에 집중하는 것은 오히려 비효율적이다. 따라서 노트 필기는 수업을 먼저 듣고 필기 내용을 나중에 적으면서 선생님의 수업 내용 중 중요한 것을 적는 것이 좋다.

5. 수업 시간의 필기는 자유롭게, 방과 후에 깨끗하게 정리한다.

수업 시간에 필기를 꼼꼼히 정리하기란 힘들다. 따라서 수업 시간에 필기는 연습장에 자유롭고 편하게 한다. 그리고 방과 후 수업 시간에 배운 내용을 기억하면서 걸러낼 부분은 걸러내면서 교과서에 깨끗하게 정리하면 머릿속에 체계적으로 정리되고 복습의 효과가 높다.

6. 그림과 도표를 활용한다.

노트를 오직 글자로만 필기하면 답답하게 보일 수 있다. 따라서 노트에 글자 대신 그림으로 나타낼 수 있는 것은 이해를 쉽게 하고 응용하므로 기억에 오래 남게 한다. 그뿐만 아니라 복합기를 이용하여 사진, 도표 등의 자료를 복사해서 붙이면 '그림으로 읽는 노트'와 다름없다. 그림과 사진으로 구성된 노트를 보는 것만으로도 배운 내용에 대한 흥미를 유발하기에 충분하다.

노트 필기의 핵심은 수업 시간에 학습 내용의 핵심을 놓치지 않고 이해하기 쉽게 중요한 것을 정리하는 기술이다. 그러나 필기에만 너무 신경을 쓰다 보면 정작 수업을 놓치기 때문에 우선 수업에 집중하면서 필요한 것을 필기해야 한다는 사실이다. 성적을 올리기 위해서 하는 노트 필기 방법을 공부 잘하는 학생들에게 물어보면 다음과 같은 필기 방법을 권유한다.

1. 노트에 필기할 때는 중요도에 따라 3가지 색깔을 사용하도록 한다.

그렇다고 너무 여러 가지 색깔은 좋지 않고 빨강, 파랑, 검정만 사용하는 것이 좋다. 색깔에 따라 빨강 볼펜으로 쓴 것은 중요한 것, 파랑 볼펜으로 쓴 것은 도움이 되는 것, 검정

볼펜으로 쓴 것은 일반적인 내용으로 구분하면 나중에 복습할 때 매우 유용하다. 시간이 없을 때는 빨간색으로 표시한 것만 공부하면 되고, 여유가 있을 때는 파란색으로 표시한 것을 보면 되고, 충분한 여유가 있을 때는 모든 것을 복습하면 된다.

2. 노트에 낙서를 하지 않도록 한다.

노트를 사용할 때는 노트의 용도에 맞게 사용하는 습관을 길러주어야 한다. 수업 시간에 사용하는 노트는 수업 시간에 들은 내용을 적는 용도로 사용하도록 하고, 낙서를 하고 싶으면 낙서를 위해서 별도의 노트를 사용하도록 한다. 수업 시간에 사용하는 노트에 학습 내용을 필기하면서 낙서를 하게 되면, 나중에 복습할 때도 정신을 분산시키는 역할을 하며, 낙서한 것을 보면 수업 시간에 또 낙서를 하게 된다.

3. 노트는 과목별로 작성한다.

노트 한 권에 모든 교과의 내용을 적게 되면 학습의 연계성이 저해 받게 되므로 되도록 노트 한 권에는 한 과목의 내용만을 적도록 한다. 그래야 일목요연하게 정리될 뿐만 아니라 나중에 복습할 때도 학습의 연계성이 생겨 효과적이 된다.

4. 스프링 노트의 사용은 되도록 피한다.

스프링 노트의 장점은 언제든 찢어버리면 첫 장처럼 사용할 수 있다는 장점이 있다. 그러나 이러한 장점이 학생들에게는 조금만 필기가 틀리거나 여백이 필요하게 되면 바로 찢어서 사용하게 되므로 나중에는 노트를 거의 다 찢어버리는 경우도 생기기 때문이다. 따라서 스프링 노트보다는 찢기가 어려운 가운데를 실로 박은 노트나 풀을 붙인 노트를 사용하는 것이 노트를 오랫동안 보관하는데 유용하다.

5. 글씨는 남들도 알아볼 수 있도록 쓴다.

학생에 따라서는 자신만이 알아볼 수 있는 글자체를 사용하거나 글을 휘갈겨 써서 자신도 읽기가 어려운 경우가 있다. 이러한 경우에 노트 검사를 하는 교사들은 짜증을 내거나 성적에서 불이익을 받기도 한다. 따라서 자신은 물론이고 제삼자가 보아도 알아볼 수 있도록 써야 한다.

6. 노트의 줄을 많이 띄우지 않도록 한다.

학생에 따라서는 노트 필기를 할 때 단락이나 줄 간격을 너무 띄우는 경우가 있다. 이런 경우는 보기에는 시원할 수 있지만 노트를 낭비하게 되거나 노트를 금방 갈아야 하므로 적절하지 못하다. 따라서 중요한 단락에서 구분하기 위하여

한 줄 정도 띄는 것은 좋지만 너무 많은 여백을 주는 것은 좋지 못하다는 것을 알려 준다.

7. 수정할 때는 줄을 긋도록 한다.

노트를 깨끗이 사용한다고 틀린 글씨나 내용을 지우개나 수정액 등으로 지우고 다시 쓰는 경우가 많다. 그러나 이것은 일종의 시간 낭비에 지나지 않는다. 따라서 이때에는 틀린 부분들에 대해서 재빨리 선을 그어 지우고 그 밑에 다시 쓰는 방법을 취해 시간을 절약하도록 하는 게 효과적이다.

8. 노트 필기한 날짜나 연상할 수 있는 것을 같이 쓰도록 한다.

단지 글자만 널려 있는 노트를 한 번 보고 금방 그 내용을 기억해 내는 사람은 지극히 드물다. 따라서 마치 사진을 들여다보면 옛날 기억들이 하나둘씩 떠오르듯 노트에도 기억을 되살릴 수 있는 장치가 필요하다. 이를테면 필기한 날의 날짜, 요일, 날씨, 선생님의 질문 등을 적을 수 있다.

9. 자주 반복되는 내용은 약어를 사용한다.

자기 나름대로의 약어와 상징을 사용하면 필기 속도를 높일 수 있다. 예 = (같다), ∴(따라서), ∵(왜냐하면), ≠(같지 않다), ex(예), vs(대), cf(비교), ☆(강조)

노트 종류에 따른 필기 방법

• 코넬 노트 필기법

노트에는 여러 가지가 있다. 선이 그어져 있는 것부터 스프링으로 되어 있는 것과 가운데가 실이나 풀로 붙여 있는 것이 있다. 그중에서 지금까지 가장 효과적인 노트를 꼽으라면 코넬 노트를 꼽고 있다. 코넬 노트는 40여 년 전에 미국의 코넬대학교에서 개발한 노트 정리 방법이다. 이 방법이 개발된 이후 이것은 미국을 비롯한 세계 각국에서 코넬 노트를 가장 보편적으로 사용하고 있다. 코넬 노트의 양식을 보면 왼쪽 부분에 3~4cm 정도의 구획이 그어져 있는 것을 볼 수 있는데 이것이 코넬 양식이다. 코넬 양식 노트는 단순하게 보이지만 어떻게 활용하느냐에 따라서 매우 유용하게 사용할 수 있다.

| 코넬 노트 필기 방법 |

① 중요한 것	② 내용
기후의 변화	1. 한국의 기후
	나. 서울의 기후
	1) 종로구의 기후
	가) 종로2가의 기후

③ 요점 정리

기후는 지역에 따라 다르다.
서울은 지역에 따라 기후가 다르다.
서울의 기후가 제일 특이하다.

- ②는 수업에서 적어야 할 내용으로 통상적으로 교사의 설명 중에 적는 것과 교사의 설명이 끝난 후 적는다.
- ①은 ②를 적은 후 수업내용을 대표할 수 있는 핵심적인 단어, 개념, 용어를 찾아서 적는다.

- 수업 내용을 적을 때는 되도록 중요도에 따라, 범위에 따라 번호를 붙여서 쓰는 것이 조직화가 쉽고 나중에 복습할 때도 도움이 된다.
- ③번 요점 정리 부분은 실제는 있는 것이 아니지만, 노트의 맨 마지막 3줄 정도를 배정하여 그날 필기한 내용의 서론과 본론, 결론을 적어주면 다시 한번 반복하는 효과를 가져 오며, 나중에 복습할 때 수업의 흐름을 파악하는데 유용하다.

• 마인드맵 필기법

마음속에 지도를 그리듯이 줄거리를 이해하며 정리하는 방법이다. 마인드맵은 1971년 영국의 토니 부잔에 의해 만들어졌으며, 세계적인 석학들의 과학적인 검증 과정을 거친 두뇌 활용을 극대화하는 사고 및 학습 방법으로 자리를 잡았다.

마인드맵은 이미지와 핵심어, 그리고 색과 부호를 사용하여 좌·우뇌의 기능을 유기적으로 연결함으로써, 두뇌의 기능을 최대한 발휘할 수 있는 사고력 중심의 두뇌 계발 필기 방법이다.

주제를 정하고 키워드를 적은 다음, 식물이 줄기에서 가지로 뻗어 나가듯이 사고의 가지를 만들고 마디마다 연상되는 단어를 연결하여 머릿속의 생각을 정리하는 방법이다. 이를 통해 이전의 생각과 이후에 이어지는 생각들을 나열하여 연관성을 찾아내고 합성해보면 창조적인 아이디어와 중요한 정보들을 구조화하고 새로이 조합하는 방법을 발견하게 된다. 대부분의 마인드맵은 중간에 아이디어, 질문, 콘셉트, 제목 등을 쓰면서 시작한다. 그런 다음 하나의 아이디어가 그 다음의 아이디어를 설명하고, 그 아이디어 사이를 가지로 연결하면서 기술한다.

- 마인드맵 노트 필기의 효과 -

① 마인드맵 노트는 언제 어디서나 훌륭한 생각이 떠오를 때 옮겨 적을 수 있게 되어 있다.

② 핵심어 사용으로 중요한 내용을 파악할 수 있는 능력이 생긴다.

③ 지도의 원리를 이용하므로 세부적인 내용은 물론 전체적인 내용을 파악하기 쉽다.

④ 마인드맵 노트는 학생의 흥미를 유발하여 자기주도학습이 가능하게 한다.

⑤ 마인드맵 노트는 두뇌의 여러 가지 영역을 골고루 사용함으로써 창의력과 사고력을 발달시킨다.

⑥ 노트 필기를 전반적으로 기억나게 함으로 성적 향상에
도움을 준다.

⑦ 마인드맵 노트 필기는 어휘력과 독서 능력을 향상시켜
준다.

⑧ 마인드맵 노트 필기는 자기 생각을 논리적으로 표현하
게 하여 토론, 논술 시험도 익숙하게 해준다.

| 마인드맵 필기 방법 |

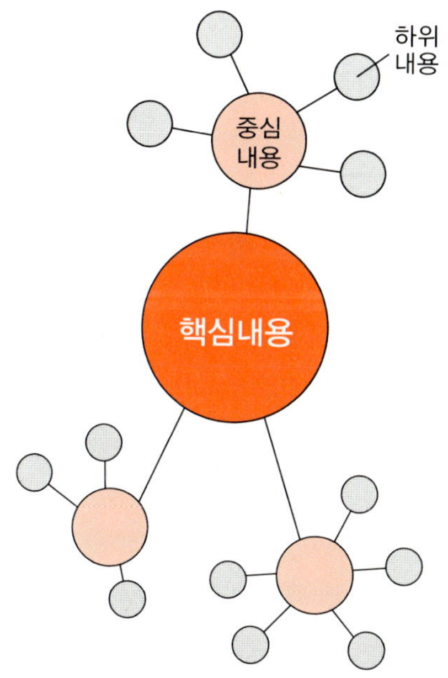

• Ⅰ형 노트 필기법

Ⅰ형 노트 필기법이란 무지 노트를 사용할 때 필기하는 방법을 말한다. 무지 노트는 노트에 줄이 없이 자유롭게 기재할 수 있는 노트를 말한다. 자유롭게 노트하는 무지 노트도 나름대로 규칙을 정해서 필기하게 되면 편리하고 효율적으로 필기할 수 있다.

무지 노트는 칸 구획이 없기 때문에 통일성을 갖추기도 어렵고 어디가 처음인지 분간하기 어렵다. 따라서 무지 노트 한 면에 가상의 "Ⅰ"자가 있다고 생각하고 위의 동그라미에는 제목과 학습 목표를 적고, Ⅰ자에는 내용과 가장 아랫부분에는 핵심 내용을 요약하면 판서나 수업 내용을 정확히 기록하는 데 도움이 된다.

|Ⅰ형 노트 필기 방법 |

제목 :

학습 목표 :

세부 내용 :

핵심 내용 :

필기 전략 검사

이 검사의 목적은 여러분이 학교에서 얼마나 선생님의 말씀에 집중하여 노트 정리를 잘하고 있는지 알아보려는 것입니다. 이 질문에 답을 하는 동안 여러분은 스스로 수업 시간에 얼마나 공부에 도움이 되는 노트 정리를 하고 있는지에 대해 생각해 볼 기회를 얻게 될 것입니다. 솔직하게 대답해 주시기 바랍니다. 질문에 대한 답은 "예"와 "아니요"로 체크합니다.

	나의 나태 정도는 어느 정도일까요?	예	아니오
1	노트 필기를 할 때 계획적으로 한다.		
2	수업 내용 중 학습 목표를 필기한다.		
3	수업 내용 중 중요한 것은 강조해서 필기한다.		
4	수업 중 선생님이 강조하는 것을 놓치지 않는다.		
5	노트 필기하는데 선생님의 수업을 놓칠 때가 없다.		
6	내가 필기한 노트 내용은 내가 읽기 쉽다.		
7	노트는 과목별로 작성한다.		
8	노트 필기한 것을 복습에 사용한다.		
9	아는 것, 모르는 것을 구별해서 정리한다.		
10	핵심 요약 노트를 사용한다.		
	'예'에 답한 총 개수 (　　　　) 개		

| 필기 전략 분석하기 |

구분	유형		
"예"에 표시한 개수	8~10개	4~7개	0~3개
유형	A	B	C

[A 유형]

- 필기 전략을 잘 아는 형으로 평소 노트 필기를 잘하는 학생이다.
- "아니요"라고 답한 것만을 찾아서 부족한 부분을 지도해 주면 된다.

[B 유형]

- 필기 전략을 대충 아는 형으로 평소 노트 필기를 하는 학생이다.
- "아니요"라고 답한 것만을 찾아서 부족한 부분을 지도해 주면 된다.

[C 유형]

- 필기 전략을 전혀 모르는 형으로 평소 노트 필기를 전혀 사용하지 않는 학생이다.
- 전반적으로 필기 전략에 대해 처음부터 숙달되도록 지도해 준다.

수업 몰입

06

수업 집중을
즐겁게 하는
암기 전략

　공부에서 '암기'란 학습 내용을 외우는 것을 말하는데 암기는 성적을 좌우한다고 해도 과언이 아니다. 아무리 공부를 열심히 해도 암기가 안 되면 좋은 성적을 받을 수 없기 때문이다. 공부에서 가장 힘든 일 중의 하나가 수업 시간에 배웠던 내용을 암기하는 일이다. 시험을 앞두고 산더미같이 쌓인 암기할 내용을 앞에 두고 힘들어한 적이 한두 번은 아닐 것이다.

　암기를 한꺼번에 모아서 하려면 효율성이 떨어진다. 따라서 수업 시간에 배운 것은 수업 시간에 바로 암기하거나, 쉬는 시간을 이용해서 복습하면서 암기하는 방법을 익혀 둔다면 매우 효과적이 될 것이다.

　수업 중에 암기를 하려면 우선 수업에 집중해야 한다. 수업 시간에 배운 내용 중에서 중요한 것들은 수업 틈틈이 암기한다면 시험에 임박해 많은 양의 학습 내용을 한꺼번에 암기해야 하는 수고를 덜 수 있게 된다. 수업 내용을 무작정 외우기보다는 암기 전략을 세워서 차근차근 암기하는 것이 바람직하다. 효율적인 암기를 위해서는 전략과 기술이 필요하다.

수업 시간에 암기하는 N양

　　N양은 중학교에서 전교 1, 2등하는 여학생이다. N양은 수업에 집중하기만 하면 따로 시간 내서 공부할 필요가 없다고 한다. 수업 시간에 나오는 외워야 할 것들을 수업 시간에 바로 바로 외우는 것이 N양의 공부 방법이라고 한다.

　　N양은 수업을 듣다가 선생님이 수업 중에 "이것이 중요하다.", "별표 쳐라.", "시험에 이런 식으로 나온다."라고 힌트가 나오면, 반드시 교과서에 체크하거나 노트에 필기한 후 수업 시간에 자투리 시간을 이용하여 완벽하게 외운다. 만약 수업 시간에 다 외우지 못하게 되면 수업이 끝난 후 쉬는 시간을 이용해서 완벽하게 외운다.

　　N양이 이처럼 수업 시간에 중요한 내용들을 꼭 외우려는 것은 시간이 지날수록 기억력이 떨어지는 망각곡선을 고려한

것이다. 시험공부의 가장 좋은 방법은 복습이고, 복습을 자주하면 결국 암기를 하기 위해서 하는 것이기 때문에 수업 중에 완벽하게 외우면 금방 배운 것이라 외우기가 쉬워지기 때문이다.

수업 시간에 외운 것은 1주일 정도 지나서 다시 한번 기억해 보는데, 이때 외운 것이 제대로 기억이 나지 않거나, 내용이 이해가 되지 않는 경우에는 인터넷 강의를 활용하여 완벽하게 보충한다. 따라서 시험 기간이 되었다고 해서 공부 시간이 부족해서 시간에 쫓기는 일은 생기지 않았다.

시험을 보기 2주 전부터는 지금까지 배운지 오래돼서 잘 기억이 나지 않는 부분을 교과서와 노트로 정독하고 암기하지 못한 부분을 최종적으로 점검한다. 그리고 부족한 부분을 외운 후 문제집을 풀어 본다. 모의고사는 출제 유형을 익히거나 문제 푸는 감을 살리기 위해서 작년이나 재작년도 기출문제까지도 풀어 본다.

N양의 암기 방법은 중요한 내용을 무작정 외우기보다 선생님의 수업을 바탕으로 중요하다고 지적하는 부분부터 교과서를 전체적으로 훑어 보고 흐름을 머릿속에 체계적으로 정리한다. 우선 중요 내용의 핵심이 무엇인가를 찾아서 외우고, 다음은 그 뼈대에 살을 붙여간다는 느낌으로 보충적인 내용을 암기한다.

　N양은 암기할 때 눈으로만 외우지 않고 '눈으로 보고', '입으로 말하고', '손으로 쓰는' 이 세 가지 방법을 동시에 동원하면 다양하게 뇌를 자극하기 때문에 암기가 완벽해 진다고 한다.

　N양의 성공 비결은 수업 중에 선생님께서 중요하다고 지시해준 내용은 그 시간에 완벽하게 암기하는 데 있다고 한다.

수업 중 암기 전략의 필요성

  중요한 것을 암기한다고 해서 무작정 암기하는 것은 매우 비효율적이다. 효율적인 암기를 위해서는 학습 내용에 대한 충분한 이해가 먼저 필요하다. 즉 '선 이해 후 암기'를 해야 한다. 이해도 못 하고 무작정 외웠다가는 막상 시험 당일에는 머릿속에서 하나도 생각이 나지 않는 경우가 많다. 따라서 수업 내용을 암기하기 위해서는 "무엇이 중요할까?", "암기할만한 가치는 있는가?", "어떤 방법으로 암기하는 것이 효과적인가?"를 잘 알고 있다면 쉽게 암기할 수 있게 된다.

  수업 시간은 정해진 시간 동안 선생님의 강의가 끊임없이 이루어지는 것이 아니라 필기 시간도 주어지고, 토론 시간도 주어짐에 따라 수업 중에도 자투리 시간이 분명히 존재한다. 이러한 수업 중 자투리 시간을 의미 없이 보내기보다는 자투리 시간을 이용해서 암기를 한다면 복습 시간을 줄일 수 있

게 된다. 수업 중에 활용할 수 있는 암기 방법을 보면 다음과
같다.

1. 반복하여 암기한다.

사람은 어느 누구도 한번 보고 전부를 완벽하게 외울 수는
없다. 끊임없이 반복하여 암기하면 장기 기억으로 남게 된
다. 평범한 학생이라면 기본적인 암기 능력에서 공부 잘하는
학생과 못하는 학생이 크게 차이가 나지 않는다. 따라서 수
업에 집중하면서 수업 내용 중에서 중요하거나 꼭 외워야 할
것을 선별하여 선생님의 수업을 듣고, 노트 필기를 하며, 틈
나는 대로 암기한다.

2. 오감을 활용하여 암기한다.

수업을 듣는 것만으로 암기를 하기에는 한계가 있다. 더욱
이 짧은 수업 시간에 고효율의 암기를 하려면 듣는 것만으로
암기하기보다는 다양한 감각을 사용하는 것이 좋다. 따라서
수업을 들으면서 청각을 자극하고, 교과서를 보면서 시각을
자극하고, 필기를 하면서 촉각을 자극하는 것이 좋다. 오감
을 전부 활용하면 한 가지 감각만을 이용해서 암기하는 것보
다 훨씬 오랫동안 기억에 남게 된다.

3. 남을 가르치며 암기한다.

수업이 끝난 후 쉬는 시간에 친한 친구를 찾아가 전번 시간에 배운 것을 마치 선생님처럼 알려줘 보자. 친구를 위해 수업 시간에 배운 것을 다시 한번 가르치다 보면 자신도 모르게 확실하게 암기하게 된다. 남을 가르치기 위해서는 선생님처럼 처음부터 끝까지 철저히 들어야만 가능하기 때문에 수업에 대한 집중도도 좋아지고, 들은 것을 바로 암기하는데 효과가 생긴다.

4. 묵독과 암송을 1대 4로 배분한다.

학습 심리학자 게이츠는 묵독과 암송을 1대 4로 배분하여 암기하는 것이 가장 효과적이라고 하였다. 묵독이란 교과서를 단순하게 읽는 것을 말하고, 암송이란 쓰거나 읽는 것을 활용하여 머릿속에 떠올리는 것을 말한다. 즉 한번 읽고, 4번 반복해서 쓰거나 소리 내어 외우는 것을 의미한다.

일반적으로 많은 학생들이 암기나 묵독 어느 한 곳에 집중적으로 투자하는 경향이 많다. 한쪽으로 치우치게 되면 시간적인 낭비를 하게 됨으로 묵독과 암송 시간을 1대 4로 배분하는 것이 필요하다.

5. 수업 중에 암기한 것을 쉬는 시간에 기억해 본다.

암기한 내용은 그것을 기억해 봄으로써 더욱 확실한 것이 된다. 공부를 못하는 학생들은 암기를 했다고 해도 그것을 점검하는 일을 하지 않아서 시험 때 전혀 도움이 안 될 때가 있다. 따라서 수업 중에 암기한 것이라도 쉬는 시간을 이용해 기억으로 떠올려 봄으로써 정확하게 암기가 되었는지 확인해 보는 습관이 필요하다.

6. 재미있게 암기한다.

수업을 들을 때 흥미를 가지면 수업 내용이 귀에 쏙쏙 들어오듯이, 암기할 때도 재미있게 하는 것이 효과적이다. 만약 재미없게 암기한다면 잠재의식 속에서 저항심이 생겨 제대로 암기가 되지 않는다. 따라서 암기할 내용을 재미있게 바꾸어 암기하거나, 노래 가사로 만들어 암기하게 되면 그냥 암기하는 것보다 재미있게 암기할 수 있게 된다.

7. 완전한 이해를 하고 암기한다.

수업 내용을 정확히 이해하지 않고 기계적으로 암기하게 되면 이해가 되지 않기 때문에 금방 잊어버리게 된다. 따라서 수업 시간에 수업에 집중하여 수업 내용을 명확히 이해하고, 모르는 것은 선생님에게 질문을 통해서 완전히 이해하고

암기를 하면 암기에 필요한 시간과 노력을 절약하면서 암기
도 잘된다. 특히 수학이나 과학 과목의 이해 없는 암기는 무
의미하다.

8. 연결하여 암기한다.

서로 연결성이 없는 단편 지식은 의미가 없기 때문에 금방
잊어버린다. 암기한 것을 오랫동안 기억할 수 있게 하는 방
법은 내용이 상호 간 연결되어 있거나 암기할 내용과 기존에
알고 있던 경험이나 다른 내용을 연결지어 암기하는 것이다.
암기할 내용의 개념을 정확히 하고, 그에 따른 공통점이나
차이점 혹은 대칭성이나 순서 등을 이용해서 연결 고리를 만
들어 암기하면 장기간 암기가 가능하다.

9. 듣는 것으로 만들어 암기한다.

수업 중에 선생님의 강의 내용을 휴대전화나 MP3 등에 녹
음해서 등·하굣길이나 쉬는 시간을 활용하여 들으면서 암기
하는 것도 좋은 방법이다. 선생님의 수업을 녹음하기 위해서
는 선생님께 녹음해도 되는지를 묻는 것이 좋다.

10. 암기하기 전에 두뇌 훈련을 한다.

암기력을 높이려면 신체를 단련하듯 두뇌에도 운동이 필

요하다. 특히 수업이 시작하기 5분 전 신경세포를 자극하는 스트레칭이나 간단한 유산소 운동을 하면 암기력을 높이는 데 효과를 볼 수 있다. 그리고 머리를 회전할 수 있는 간단한 계산, 숨은 그림 찾기나 미로 찾기, 게임 등을 이용해서 두뇌를 자극하는 것은 암기력을 높이는 데 도움이 된다.

효과적인 암기법

1. 암기 카드를 만들어 암기한다.

수업 중에 배운 내용 중에서 외워야 할 것이 많을 때는 암기 카드를 만들어서 쉬는 시간이나 등·하교하는 도중에 보고 외우는 것이 효과적이다. 암기 카드는 손안에 들어갈 수 있는 크기가 좋으며, 형태는 고리로 연결할 수도 있고, 접는 것도 있다. 형식은 한 장에 외울 것들을 전부 적을 수도 있으며, 앞장에는 단어가 있고 뒷면에는 해석을 넣을 수도 있다.

2. 즐거웠던 일과 연결하여 암기한다.

수업을 들으면서 암기해야 할 것들을 즐겁고 유쾌한 체험과 연결해 기억하면, 그 경험을 회상하는 것만으로도 암기 내용이 저절로 떠오르게 된다. 만약 제시된 단어에 대한 경험이 없다면 우선 새로운 경험을 하듯 이야기를 만든 다음 회상하듯이 외운다.

> 예 민물고기의 종류 : 붕어, 메기, 쏘가리 등
> → 나는 낚시를 가서 붕어, 메기, 쏘가리 등을 잡았다.

3. 잘라서 암기한다.

단어가 길거나 문장이 길어 한꺼번에 여러 문자가 인접해 있으면 간섭 현상으로 기억하기 어렵기 때문에 3음절 정도씩 나누어서 배열하면 쉽게 기억할 수 있다. 3음절이 숙달이 되면 4음절로 늘려서 기억하도록 한다. 문자를 외울 때 자신에게 친숙한 단어와 연관하면 장기 기억을 할 수 있다.

> 예 잘노고우리나투키스뉴가파라가다
> → 잘노고 – 우리나 – 투키스 – 뉴가파 – 라가다

4. 성격이 비슷한 것들을 집단으로 묶어 암기한다.

암기해야 할 것들을 개별적으로 외우다 보면 서로 연계가 없어서 단기 기억으로 끝나거나 기억에 연결이 잘되지 않을

의자	사자	농구공	포도	닭
레몬	옥수수	수박	배구공	당근
사과	여우	책상	가지	딸기
럭비공	고추	침대	축구공	펭귄
소파	당구공	콩	옷장	토끼

앞에서 보고 암기한 그림을 집단별로 적으세요.

집단의 이름	이름

[정답]

집단의 이름	이름
가구	의자, 책상, 침대, 옷장, 소파
동물	사자, 닭, 여우, 펭귄, 토끼
과일	포도, 레몬, 사과, 딸기, 수박
채소	옥수수, 당근, 가지, 고추, 콩
공	농구공, 럭비공, 배구공, 축구공, 당구공

때가 많다. 따라서 성격이 비슷한 것끼리 집단화하면 서로 연계가 되고 많은 정보를 한꺼번에 기억할 수 있을 뿐만 아니라 장기 기억의 용량도 증가시킬 수 있다. 집단화해서 암기할 때 중요한 것은 분류할 수 있는 비슷한 것들을 하나의 집단으로 묶는 것이다.

> 예 앞의 보기를 보고 암기해서 아래의 빈칸에 집단의 이름을 정하고 채워 보세요.

5. 역사는 자신을 주인공으로 만들어 암기한다.

수업 중에 배우는 내용이 국사, 세계사, 국어 등에 인물이 나오게 되면 자신을 글의 주인공처럼 생각하면서 암기하면 오랫동안 기억에 남는다. 이것은 좌뇌의 텍스트를 만드는 것만이 아니라 우뇌의 이미지 만드는 기능을 이용하는 것으로 한꺼번에 우뇌와 좌뇌를 사용하기 때문에 한번 암기한 것이 쉽게 잊혀지지 않는다.

> 예 나는 조선 말기에 대원군으로서 나라를 바로잡기 위하여 탕평책을 썼으며, 쇄국정책을 실시하였다.

6. 어려운 것은 쉬운 말로 바꾸어 암기한다.

수업 중에 나온 어려운 개념을 외울 때는 이해가 제대로 되지 않은 상태에서 외우기 때문에 기억이 오래가지 못한다.

따라서 어려운 것을 외워야 할 때는 일단 자기가 알기 쉬운 말로 바꿔서 외워 본다. 또 자기 식의 말로 바꾸는 작업을 통해 이미지화하는 작업을 동시에 병행하는 셈이 되어 암기가 훨씬 쉬워질 것이다.

> **예** 람세스 2세의 왕비 네페르타리에 → 람세스 2세의 왕비는 내 배를 타라!

7. 단어는 문장과 함께 암기한다.

수업 중 새롭게 나온 단어는 그 자체만 독립해서 외우는 것보다는 문장과 함께 외우는 것이 훨씬 효과적이다. 단어 자체는 개별적이고 추상적인 정보에 해당되기 때문에 암기가 어려우나 문장은 이미지나 상황을 연상하기 때문에 암기가 쉬워진다.

> **예** glad : 기쁜 → Your letter made me so glad : 당신의 편지는 나를 기쁘게 했다.

8. 중요한 것은 처음과 마지막에 암기한다.

사람은 심리학적으로 앞에 암기한 것에 억제를 받아 다음에 암기하는 것은 좀처럼 기억하기가 어렵다고 한다. 따라서 중요한 것은 암기할 때 맨 처음 외우거나 맨 마지막에 외워야 기억하기 좋다.

예 중요한 것 : 행복, 사랑 → 행복, 기쁨, 희망, 비전, 도전, 배려,
사랑

9. 암기 내용을 시각화하여 암기한다.

수업 중에 한 주제를 가지고 여러 가지 설명이 나오는 것
을 한꺼번에 암기하려고 하면 우리의 좌뇌는 한계가 있어서
잘 외워지지 않는 경우가 있다. 따라서 여러 가지 설명을 암
기하기 위해서는 도표나 그림으로 그려가며 암기하는 것이
효과적이다. 도표나 그림으로 그려가며 암기하게 되면 한꺼
번에 우뇌와 좌뇌를 사용하기 때문에 한번 암기한 것을 오랫
동안 기억할 수 있게 된다.

예 미래로 가기 위한 현재의 문제점 : 경제적 어려움, 인구 감소,
수명 연장, 노동시장 변화, 교육의 변화

시각화해서 암기하기

10. 뜻을 만들어서 암기한다.

여러 개의 단어나 문장을 한꺼번에 외워야 할 경우, 단어나 문장의 앞글자를 따서 외우거나, 문장화해서 암기하는 것을 말한다.

■ 앞글자 따서 암기하기

앞글자를 따와서 외우는 방법은 순서나 차례 등을 암기할 때 좋은 방법이 된다. 앞글자만으로는 분명하게 구별되지 않을 때에는 두 번째 글자를 이용한다든지, 조사나 단어를 집어넣어서 나름대로 융통성을 발휘하여 암기한다.

예 · 앞글자만 따서 암기하기 : 수성, 금성, 지구, 화성, 목성, 토성, 천왕성, 해왕성, 명왕성 → 수금지화목토천해명

· 조사나 단어를 집어넣어 암기하기 : 수성, 금성, 지구, 화성, 목성, 토성, 천왕성, 해왕성, 명왕성 → 천지해명은 화수목금토

■ 문장 만들어 암기하기

암기해야 할 첫 글자를 가지고 재미있는 문장으로 만들어 반복하면 오랫동안 기억할 수 있다. 자기 주변 사람이나 사물과 연관시켜 말이 되게 문장을 만들면 기억이 더욱 잘된다.

예 국민의 의무 : 납세의 의무, 국방의 의무, 교육의 의무, 근로의 의무, 환경 보전의 의무, 공공복리의 의무

→ 국민은 초등학교 근처에서 공부하면 납 때문에 환장한다.

11. 리듬이나 곡을 붙여서 노래하듯이 암기한다.

여러 개의 단어나 문장을 한꺼번에 외워야 할 경우, 리듬이나 곡을 붙여서 노래하듯이 노래하면 기억이 나지 않다가도 리듬이나 노래만 생각하면 바로 기억이 되는 효과를 가지고 있다.

예 역사를 빛낸 인물들

아름다운 이 땅에 금수강산에 단군 할아버지가 터 잡으시고

홍익인간 뜻으로 나라 세우니 대대손손 훌륭한 인물도 많아

고구려 세운 동명왕 백제 온조왕 알에서 나온 혁거세

만주 벌판 달려라 광개토대왕 신라 장군 이사부

백결 선생 떡방아 삼천 궁녀 의자왕

황산벌의 계백 맞서 싸운 관창 역사는 흐른다

12. 사물과 연관하여 암기한다.

여러 개의 단어나 문장을 한꺼번에 외워야 할 경우, 사물과 연관하여 기억하면 우뇌의 기능에서 이미지를 관장하는 좌뇌를 이용해서 암기하기 때문에 기억을 오래할 수 있다.

예 할아버지, 할머니, 엄마, 아빠, 삼촌

→ 할아버지는 머리, 할머니는 눈썹, 엄마는 왼쪽 눈, 아빠는 오른쪽 눈, 삼촌은 코

13. 유사점과 차이점을 찾아내어 암기한다.

외워야 할 것이 여러 가지인데 서로가 비슷비슷하여 헷갈리는 내용일 경우에는 유사점과 차이점을 찾아내어 암기한다.

예 봄, 여름, 가을, 겨울, 눈, 비, 꽃, 낙엽

→ 봄에는 꽃, 여름에는 비, 가을에는 낙엽, 겨울에는 눈

여러분이 가진 암기력의 정도를 측정하는 질문입니다. 이 질문의 목적은 여러분들의 암기력을 높이기 위한 사전 검사니 솔직하게 대답해 주기 바랍니다. 해당 문항이 맞으면 "예"에 해당 문항이 맞지 않으면 "아니요"에 체크해 주세요.

순서	문항	예	아니오
1	암기법을 이용해서 암기한다.		
2	암기한 것이 시험볼 때 기억이 잘난다.		
3	한번 암기한 것을 확인해 본다.		
4	암기한 것이 기억에 오래 남는다.		
5	선생님이 강조한 것은 특별히 암기한다.		
6	흥미있는 과목은 암기가 잘된다.		
7	예습과 복습을 꾸준히 한다.		
8	암기 카드를 만들어 암기한다.		
9	암기할 때 잡생각이 나지 않는다.		
10	암기 방법을 잘 안다.		

| 암기력 분석하기 |

구분	유형		
"예"에 표시한 개수	8~10개	4~7개	0~3개
유형	A	B	C

[A 유형]

• 평소 암기 방법을 잘 알고 있으며 암기를 잘하는 학생이다.

• "아니요"라고 답한 것만을 찾아서 부족한 부분을 수정한다.

[B 유형]

• 평소 암기 방법을 잘 모르나 암기를 하려는 학생이다.

• "아니요"라고 답한 것만을 찾아서 부족한 부분을 수정한다.

[C 유형]

• 평소 암기 방법을 정확히 잘 모르고 암기를 못하는 학생이다.

• 전반적으로 암기 전략에 대해 처음부터 훈련해야 한다.

[참고문헌]

송하성(2011), 송가네 공부법. 북스타

전도근(2003). 자격증 이야기. 일진사

전도근(2004). 한방에 끝내는 취업전략. 크라운 출판사

전도근(2009). 자기주도적 공부습관을 길러주는 학습코칭. 학지사

전도근(2009). 명강사가 되기 위한 명강의 비법. 학지사

전도근(2010). 학습동기 유발전략. 학지사

전도근(2010). 읽기능력 향상 전략. 학지사

전도근(2010). 쓰기능력 향상 전략. 학지사

전도근(2010). 사고력 향상 전략. 학지사

전도근(2010). 주의력 향상 전략. 학지사

전도근(2010). 암기력 향상 전략. 학지사

전도근(2010). 스터디 플래너. 학지사

전도근(2010). 엄마표 자기주도학습. 북포스

전도근(2010). 엄마표 시험전략. 북포스

전도근(2010). 엄마표 초등 읽기 쓰기 길잡이. 북포스

전도근(2010). 진로지도 전략. 학지사

전도근(2010). 창의력향상 전략. 학지사

전도근(2010). 인성지도 전략. 학지사

전도근(2010). 독서지도 전략. 학지사

송가네 공부법

수업몰입

초판 1쇄 발행	2011년 11월 22일
초판 2쇄 발행	2011년 11월 25일
지은이	송하성·전도근
펴낸곳	BOOK STAR
펴낸이	박정태
출판등록	1996. 9. 8. 제 313-2006-00198 호
주소	경기도 파주시 문발동 파주출판문화도시 500-8 광문각 B/D 4F
전화(代)	031)955-8787
팩스	031)955-3730
E-mail	Kwangmk@unitel.co.kr

ⓒ 2011, 송하성·전도근
ISBN 978-89-966204-9-5 03810

정가   12,000원